精品文学书系

诺贝尔文学奖得主

小小说

精选

李超 主编

时代出版传媒股份有限公司

安徽文艺出版社

图书在版编目（ＣＩＰ）数据

诺贝尔文学奖得主小小说精选 ／ 李超主编. — 合肥：
安徽文艺出版社，2012.2（2024.1重印）
（时代馆书系·精品文学书系）
ISBN 978-7-5396-3330-5

Ⅰ. ①诺… Ⅱ. ①李… Ⅲ. ①小小说－小说集－世界
Ⅳ. ①I14

中国版本图书馆CIP数据核字(2011)第216681号

诺贝尔文学奖得主小小说精选

NUOBEIER WENXUEJIANG DEZHU XIAOXIAOSHUO JINGXUAN

....

出 版 人：朱寒冬
责任编辑：刘姗姗　　　　　装帧设计：三棵树　文艺

....

出版发行：安徽文艺出版社　www.awpub.com
地　　址：合肥市翡翠路1118号　邮政编码：230071
营 销 部：(0551)3533889
印　　制：唐山富达印务有限公司　电话：(022)69381830

....

开本：700×1000　1/16　印张：8.25　字数：89千字
版次：2012年2月第1版
印次：2024年1月第4次印刷
定价：48.00元

....

前　言

　　可以说，小说的鼻祖是微型小说。

　　微型小说的基本特征是通过塑造人物形象而反映社会的真实面貌，但它篇幅短，文字少，情节简短而手法明快，而且灵活多变，反映社会生活敏锐而及时，信息量多而快；它将小说与社会、小说与现实的关系拉得很近，这种艺术便产生了一种新的、旺盛的、持久的生命力，因而也最独立。微型小说的艺术手法很重要，不用高超的艺术手法想要写出脍炙人口的微型小说简直是不可能的。一篇好的微型小说要富有哲理性。它要求作家具有极其敏锐的观察和洞察能力，不放过任何一种能反映日常生活的精彩瞬间，以及能及时捕捉住自己头脑中稍纵即逝的灵感。

　　语言是微型小说的第一要素。但凡遣词造句、叙述的角度、字里行间的感情色彩，以及语调、行文的节奏、修辞的手法等，作家都应以自己的习惯去认真对待。这些反映着作家的个性、气质、文学修养、美学趣味，代表着作家的语言风格。

　　诺贝尔文学奖是由瑞典科学家诺贝尔创立的世界性的文学大奖，它代表着当今社会文学创作的最高峰。从诺贝尔文学奖获得者的作品来看，不论就其思想性，还是艺术性，都有着其不同凡响的魅力。作家作品因诺贝尔文学奖获得了世界声誉，有的产生了世界性的影响，而诺贝尔文学奖也因这些作家作品提升了权威性。为此，本书从历代诺贝尔文学奖得主中精选了 21 位作家的 50 余篇作品，按照获奖时间的顺序呈献给读者，并为读者提供了每位作者的简历、照片、国籍、获奖时间以及获奖理由，以期能使广大读者对作者和其作品能有更深的了解。

由于编者的学识和水平有限，本书在编辑过程中难免有挂一漏万之处，敬请广大读者批评指正。

编　者

目　录

诺贝尔文学奖得主小小说精选

比昂松

比昂斯腾·马丁纽斯·比昂
松（1832～1910），挪威作家、
社会活动家。1832 年 12 月 8 日
生于挪威北部一个乡村牧师家
庭，1910 年 4 月 26 日于法国巴
黎逝世。1850 年，比昂松赴克里
斯蒂安尼亚（今奥斯陆）。1852
年就读于皇家弗里德里克大学。
1855 年后在《每日晨报》和

比昂斯腾·马丁纽斯·比昂松

《晚报》任文学戏剧评论员和编辑。1857 年接替易卜生任挪威第二
大城市卑尔根国家剧院编导。1865～1867 年主持克里斯蒂安尼亚
剧院。1870～1872年创办剧院。1903 年获诺贝尔文学奖。

比昂松一生为争取民族独立、发展挪威文化、摆脱异国束缚
和统治进行斗争。晚年支持芬兰反对沙俄侵略，积极参加反对战

争、争取和平的运动。

比昂松在文学方面涉猎很广，作品有小说、诗歌和戏剧。主要文学成就是戏剧，共写了 21 部剧本。

比昂松的剧作触及时弊，揭露和批判了资本主义社会自私、虚伪、贪婪等丑恶现象，不过其结局往往都是矛盾得到和解，具有改良主义色彩。

国籍：挪威

获奖时间：1903 年

获奖作品：《挑战的手套》

获奖理由："他以诗人鲜活的灵感和难得的赤子之心，把作品写得雍容、华丽而又缤纷。"

父　亲

故事中要讲的这个人，是他所属的教区中最富有也是最有影响的人，名叫索尔德·奥弗拉斯。一天，他来到牧师的书房，神情肃穆，趾高气扬。

"我生了个儿子，"他说，"我想带他来接受洗礼。"

"他取什么名字？"

"芬恩——仿照我父亲的名字。"

"教父母是谁?"

名字说了出来,是索尔德在这个教区的亲属中被认为是最合适的人。

"还有什么事吗?"牧师抬头问道,农夫迟疑了一会儿。

"我很想让他能单独接受洗礼。"

"这么说要在礼拜天以外的日子了。"

"就在下星期六,中午 12 点。"

"还有什么?"牧师问。

"没什么了。"农夫摆弄着他的帽子,仿佛就要离去。

这时牧师站了起来。"还有一件事,"他说着便向索尔德走去,拿起他的手,庄重地凝视着他的眼睛。"上帝断定这孩子会给你带来幸福的!"

十六年后的一天,索尔德又一次站在牧师的书房里。

"真的,索尔德,你保养得这么好真令人吃惊。"牧师说道,因为他看到索尔德几乎没有任何变化。

"这是因为我无忧无虑。"索尔德回答说。

牧师对此没说什么。过了一会儿,他问:"今晚有何贵干?"

"今晚是为我儿子来的,他明天要来行按手礼。"

"他是个聪明的孩子。"

"在没听到明天他在教堂里排列的次序之前,我不会把钱付给牧师的。"

"他将名列第一。"

"这么说我听到了,这是给你的十块钱。"

"还有什么事要我做吗?"牧师问道,他两眼注视着索尔德。

"没了。"

索尔德向外走去。

又过了八年。一天,牧师的书房外传来了一阵喧闹声,因为来了不少人。索尔德走在人群的前面,第一个进入书房。

牧师抬起头,认出了索尔德。

"今晚随你来的人很多,索尔德。"他说。

"我来这儿是请求为我儿子公布结婚预告的。他马上要迎娶古德蒙特的女儿卡伦·斯托莉迪,她就站在我儿子的身旁。"

"啊,她可是教区里最富有的姑娘。"

"大家也都这么说。"农夫回答说,一只手把头发向后掠了掠。

牧师坐了片刻,似乎在沉思,随后把名字写在簿子上,没再吭声了。他们在名字的下面签了字。索尔德把三块钱放在桌上。

"一块钱就够了。"牧师说。

"我完全清楚,不过他是我的独子,我想把事情办得体面些。"

牧师拿起钱。

"索尔德,这是你第三次为你儿子来这儿了。"

"如今我总算了结了心事。"索尔德说,他扣上钱包便道别了。

人们缓缓地跟在他的后面。

两星期后的一天,风平浪静,父子俩划船过湖,为筹办婚礼前往斯托利登。

"座板放得不牢。"儿子说着便站了起来,想把他坐的那块座板放直。

就在这时,他从船舷上一滑,双手一伸,发出一声尖叫,落

入了湖中。

"抓住桨!"父亲嚷着,旋即站起来递出船桨。

可是儿子经过一番挣扎后,不再动弹了。

"等一等!"父亲叫道,开始把船向儿子那儿划去。

儿子这时仰浮了上来,久久地向他父亲看了最后一眼,沉了下去。

索尔德简直不相信会有这种事,他把船稳住,死死盯住他儿子的没顶之处,好像他一定还会露出水面。湖面上泛起了一些泡沫,接着又是一些,最后一个大气泡破裂了,湖面上水平如镜。

人们看见这位父亲绕着这块地方划了三天三夜,不吃不喝,目不交睫。

他一直在湖中荡来荡去,寻找他儿子的尸体。直到第四天早晨,他找到了。他双手捧着儿子的尸体,越过丘陵向家园走去。

大约一年后,一个秋天的黄昏,牧师听到门外的走廊上有人在小心翼翼摸索着门闩的声音。他打开大门,一个身材高大、瘦骨嶙峋的男人走了进来。他弯腰曲背,满头银丝。牧师看了很久才把他认了出来,是索尔德。

"这么晚还出来?"牧师木然不动地立在他的面前问道。

"啊,是的!是晚了。"索尔德边说边坐了下来。

牧师也坐下了,似乎在等待着。接着,一阵长时间的沉默。索尔德终于说道:

"我带了些钱想送给穷人,我想把它作为我儿子的遗赠献出去。"

他站起来把钱放在桌上,又坐了下去。

牧师数了数。

"这笔钱数目很大。"他说道。

"是我庄园一半的价钱。我今天早上把庄园卖了。"

牧师坐在那儿，沉吟了许久。最后，他轻声问道：

"索尔德，你现在打算做什么呢？"

"做些好事。"

他们坐了一会儿，索尔德双目低垂，牧师目不转睛在盯着他。没多久，牧师说道，声音温存而缓慢：

"我想你的儿子最终给你带来了真正的幸福。"

"是的，我自己也这么想。"索尔德说着抬起了头，两大滴泪水慢慢地沿着脸颊流了下来。

显克维奇

亨利克·显克维奇（1846～1916），波兰作家。中学毕业后，他按照母亲的意愿，考入华沙高等学校的医学院。

在大学期间，显克维奇就开始了文学活动。1872年，他以李特沃斯的笔名在《波兰报》等报刊上发表讽刺小品和政论，同年出版了描写大学生生活的中篇小说《徒劳无益》。

亨利克·显克维奇

1876～1882年，显克维奇发表了《炭笔素描》等一系列脍炙人口的中短篇小说，反映了被压迫民族和人民的苦难命运，并寄予深切的同情。这些作品具有很高的思想性和艺术性，堪称波兰现实主义小说的杰作。

1883 年，显克维奇开始转向历史小说的创作。他连续发表了描写波兰 17 世纪历史事件的三部曲：《火与剑》、《洪流》、《伏沃窦约夫斯基先生》。三部曲在读者中引起了巨大的反响。

继三部曲之后，显克维奇又发表了著名的历史小说《你往何处去》（1896 年）和《十字军骑士》（1900 年）。1905 年，显克维奇获得诺贝尔文学奖。

第一次世界大战开始后，显克维奇移居瑞士，组织"波兰战争牺牲者救济委员会"，并担任该会的主席。1916 年 11 月 15 日病逝于瑞士。1924 年 10 月，他的灵柩被波兰政府运回华沙举行国葬。

国籍：波兰

获奖时间：1905 年

获奖作品：《第三个女人》

获奖理由："由于他在历史小说写作上的卓越成就。"

祝 福 你

有一回，在光明的夏夜，聪明而伟大的克利须那进入了冥想，又说道：

"我以前想，人是地上最美的创造物，但是我错了。现在我看见那莲花，为晚风所摇荡，它比一切的生物要美多少啊！它的花瓣正向暮月的银光开放——我不能将我的眼睛离开它。"

"是啊，在人类中间没有这样的东西！"他叹息着重复说。

但是过了一会儿他又想：

"我——一个神，为什么不用我的能力创造一个生物，使他在人中正如莲花在花中一样呢？这样使他为人的喜悦吧！莲花，你变形为一个活的处女，立在我的前面！"

水波微微地颤抖，正如为燕子的翼所触摸着；夜色越加明亮；月在天上照得更为强烈；夜画眉叫得更响，但又忽然地沉静了。于是那个法术完成了：在克利须那的前面立着一个人形的莲花。

神自己也惊异了。他说：

"你本是湖中的一枝花，以后你便成为我的思想的花，你说呢？"

那处女低声说起话来，正如莲花的白的花瓣受着夏天微风的接吻的时候，窃窃私语一般。

"主啊，你将我变成生物，但是你吩咐我在哪里居住呢？主啊，你要记得，我还是一枝花的时候。每遇见风的呼吸，我便颤抖，收敛我的花瓣。主啊，我怕淋雨和大风，我怕雷和电，我还怕太阳的灼人的光。你吩咐我为莲花的化身，所以我还保存着原来的性质，现在我怕那地及地上一切的东西。"

克利须那举起他聪明的眼向着空中的星，暂时默想，随即问道：

"你愿意在山顶上生活吗？"

"那里有雪和寒冷，主啊，我怕呢！"

"那么……我将在湖底为你建一所水晶的宫殿。"

"在水的深处有大蛇和别的怪物游行，我怕呢，主啊！"

"你喜欢无边的旷野吗？"

"啊，主啊！旋风和电雷践蹈过旷野，有如野兽的群。"

"那怎么办呢，化身的花？哈！在遏罗拉的洞窟里，住着神圣的隐士们。你愿意远离世界，住在那里的洞窟里吗？"

"那里是黑暗，主啊，我怕呢！"

克利须那坐在石上，用一只手支着他的头。在他的前面立着那处女，颤抖而且害怕。

这时候朝阳的光已经渐渐地照到东方的天空。湖水、棕榈和竹子，都似乎镀了金色。在水上有蔷薇色的鸬鹚，蓝的鹤，白的天鹅，在树林里有孔雀和孟加拉雀，都合唱似的发出鸣声；此外又伴着绷在珍珠贝壳上的弦索的音和人的唱歌声。克利须那从默想中觉醒过来。说道：

"这是诗人伐尔密基在那里礼拜太阳的初升了。"

过了一刻，遮住那些葛蕾的紫花的帐幔已被推开。伐尔密基在湖边出现了。

诗人见到化身的莲花的时候，他止住了奏乐。珍珠贝壳慢慢地从他手里滑下，落在地上；他的两臂挺直地垂在两旁；他无言地立着，仿佛那伟大的克利须那已将他变成一棵水边的树了。

神见诗人对他的创作的这种惊叹，他很喜悦，说道：

"伐尔密基，你觉醒，且说来！"

于是伐尔密基说道：

"……我爱……"

这是他所记得的唯一一句话，也是他所能说的唯一的话了。

克利须那的脸色忽然发出光来。

"可惊异的少女，我现在替你在世界上寻得一个适宜的住所：你住在诗人的心里吧！"伐尔密基又复述道："……我爱……"全能的克利须那的意志，神性的意志，渐使这少女向着诗人的心。神又使伐尔密基的心透明，如水晶一般。

清明如夏日，平静如恒河的波，少女走向为她预定的圣殿。但是她向着伐尔密基的心里更深深地看的时候，她的颜色忽然变了苍白，恐怖包围了她，有如冬天的冷风。克利须那惊诧了，他问道：

"化身的花，便是诗人的心，你还怕吗？"

"主啊！"少女答道，"你吩咐我在哪里居住呢？在这个心里我看见带雪的山顶，水底的深渊充满着怪异的生物，大野以及旋风和电雷，遏罗拉的黑暗的洞窟，所以我又怕呢。主啊！"

但是和善而且聪明的克利须那答道：

"化身的花，你安心吧。倘若在伐尔密基的心里有孤独的雪，你便为春天温暖的呼吸，将把它们融化；在那里有水底的深渊，你便为这深渊里的珍珠；在那里是大野里的沙漠，你便去播种幸福的花；在那里是遏罗拉的黑暗的洞窟，你便为黑暗里的光……"

这时候伐尔密基才恢复了他说话的力量，接下去说：

"而且愿你有福了！"

诺贝尔文学奖得主小小说精选

吉卜林

约瑟夫·鲁德亚德·吉卜林（1865～1936），生于印度孟买，英国作家及诗人。主要著作有儿童故事《丛林之书》、印度侦探小说《基姆》、诗集《营房谣》、短诗《如果》以及许多脍炙人口的短篇小说。他是19～20世纪一位很受欢迎的英国散文作家，被誉为"短篇小说艺术创新之人"。

约瑟夫·鲁德亚德·吉卜林

吉卜林的作品在20世纪初的世界文坛产生了很大的影响，他本人也在1907年获得了诺贝尔文学奖。他是英国第一个诺贝尔文学奖获得者，也是至今诺贝尔文学奖最年轻的获得者。此外，他也曾被授予英国爵士爵位和英国桂冠诗人的头衔，但都被他放弃了。

由于吉卜林所生活的年代正值欧洲殖民国家向其他国家疯狂地扩张，他的部分作品也被有些人指责为带有明显的帝国主义和种族主义色彩，长期以来人们对他的评价各持一端，极为矛盾，他笔下的文学形象往往既是忠心爱国和信守传统，又是野蛮和侵略的代表。然而近年来，随着殖民时代的远去，吉卜林也以其作品高超的文学性和复杂性，越来越受到人们的尊敬。

国籍：英国

获奖时间：1907 年

获奖作品：《老虎！老虎！》

获奖理由："这位世界名作家的作品以观察入微、想象独特、气概雄浑、叙述卓越见长。"

鲸的喉咙是怎么长成的

哦，我的宝贝儿。从前海里有一条鲸，他吃各种各样的鱼。他吃海星、颌针鱼、螃蟹、比目鱼、鲽鱼、鲦鱼、鳐鱼和他的配偶，还吃鲭鱼、小狗鱼和真正滴溜儿转的鳝鱼。因此，凡是他在所有的海里能找到的所有的鱼，他全用嘴吃了！直到最后所有的海里只剩下了一条小鱼，他是一条机灵的小鱼，为了使鲸伤不着

诺贝尔文学奖得主小小说精选

他，他在鲸的右耳稍后一点儿游动。于是鲸踮着尾巴向上升起，说："我饿了。"机灵的小鱼狡黠地小声说：

"高贵宽宏的鲸，你品尝过人吗？"

"没有，"鲸说，"那是什么滋味呢？"

"很好，"机灵的小鱼说，"味道好，可是人身上节儿多。"

"那么你给我找几个来。"鲸说，他摆动尾巴使大海泛起泡沫。

"一次吃一个就够了，"机灵的小鱼说，"如果你游到位于北纬50度、西经40度的地方（那是不可思议的），你会发现一位因船只失事的水手坐在大海中央的一条木筏上，他除了身穿一条蓝色帆布裤、挂着一副吊带（你千万别忘了这副吊带，宝贝儿）和一把大折刀以外，什么也没有，告诉你，说他是个智慧无穷的男人很公正的。"

于是鲸游呀游呀，尽快地游到北纬50度、西经40度的地方，他发现在大海中央的一条木筏上，一个孤单的、船只失事的水手正在用脚趾玩水。（他妈曾准许他用脚趾玩水，要不，他是绝不会这样做的，因为他是个智慧无穷的男人。）他除了身穿一条蓝色帆布裤，挂着一副吊带（你必须特别记住这副吊带，宝贝儿）和一把大折刀以外，什么也没有。

接着鲸仰身向后张大嘴巴，他向后张了又张，直到他的嘴巴几乎碰到了尾巴，才吞下了那位船只失事的水手以及他乘坐的木筏、他的蓝色帆布裤、一副吊带（你千万不能忘掉它）和那把大折刀——鲸把他们全部吞进他肚里那温暖黑暗的食柜，然后咂咂嘴唇——喏，他还摆着尾巴转了三次身。

可是那位水手是个智慧无穷的男人，一旦发现自己当真进了

鲸肚里温暖黑暗的食柜，他就碰踢、跳跃、捶击、冲撞、欢腾、舞蹈、猛敲，发出铿锵声，他打、咬、跳、爬、徘徊、号叫、单脚跳、摔下来、哭泣、叹息、蠕动、大喊、跨步、蹦跳，他在不该跳的地方跳号笛舞，鲸确实感到难受极了。（你忘记那副吊带了吗？）

于是鲸对机灵的小鱼说："这个男人节儿多，而且他还在搞得我直打嗝儿。我怎么办？"

"叫他出来。"机灵的小鱼说。

鲸就虚着自己的喉咙对那位船只失事的水手说："出来，规矩点儿！我打嗝儿了。"

"不！"水手说，"这样不行，你要想办法带我到我出生的海滨，到艾尔比昂的白色峭壁去，然后我才放弃这事儿。"他开始比以前更起劲地跳舞。

"你最好把他带回家去，"机灵的小鱼对鲸说，"我该警告过你他是个智慧无穷的男人吧。"

于是鲸用鳍状肢和尾巴游呀游呀游呀，他尽管打嗝儿还是尽力游，他终于看见了水手出生的海滨和艾里比昂的白色峭壁。他冲到海滩的半道上，把嘴巴张开、张大，再张大，说道："在这儿换道去温切斯特，艾西洛特，纳休阿，基恩和菲奇伯格路上的停泊地。"正当鲸说出"菲奇"时，水手走出了鲸的嘴巴。但水手确实是个智慧无穷的人，当鲸一直在游泳的时候，水手已拿着他的大折刀把木筏砍成了一个四四方方、布满十字图形的小格栅，用他的吊带（眼下你该明白了为什么你不能忘记这副吊带？）把它捆紧，还把这个完美坚固的格栅拖进鲸的喉咙里，钉在那儿。然后

他吟诵了下面两行叙事诗，因为你还没有听过这两行诗，我眼下就说出来——

用一个格栅，

我阻止了你吃人。

对水手来说，他还是个爱尔兰人。他跨步出来走在铺满圆卵石的海滩上，回家去见曾准许他用脚趾玩水的妈妈；此后他结了婚，过着幸福生活。鲸也是这样。不过从那天起，他喉咙里的那个格栅，他既咳不出来，也吞不下去，搞得他除了很小很小的鱼，什么也没法吃。这就是现在鲸从不吃人的原因。

那条机灵的小鱼游走了，躲在赤道门槛下的泥土里。他害怕鲸也许会对他冒火。

水手把大折刀带回家里。当他走在铺满圆卵石的海滩上时，他穿着蓝色帆布裤。你知道，那副吊带已被留在鲸肚子里，用来捆住那个格栅了。这个故事就此结束了。

泰戈尔

　　罗宾德拉纳特·泰戈尔（1861～1941），印度诗人、哲学家和印度民族主义者，1913年他获得诺贝尔文学奖，是第一位获得诺贝尔文学奖的亚洲人。他的诗在印度享有史诗的地位。他本人被许多印度教徒看做是一个圣人。

　　泰戈尔出生于印度加尔各答一个受到良好教育的家庭，8岁开始写诗，12岁开始写剧本，15岁发表了第一首长诗《野花》，17岁发表了叙事诗《诗人的故事》。1878年赴英国留学，1880年回国专门从事文学活动。1886年，他发表《新月集》，成为印度大中小学必选的文学教材。

　　除诗歌外，泰戈尔还写了小说、小品文、游记、话剧和2000多首歌曲。他的诗歌主要是用孟加拉语写成，在孟加拉语地区，他的诗歌非常普及。

　　他的散文的内容主要是社会、政治和教育，他的诗歌，除了其中的宗教内容外，最主要的是描写自然和生命。在泰戈尔的诗

歌中，生命本身和它的多样性就是欢乐的原因。同时，他所表达的爱（包括爱国）也是他的诗歌的内容之一。

多次旅行使泰戈尔了解到许多不同的文化以及它们之间的区别。他对东方和西方文化的描写迄今为止是这类描述中最细腻的之一。

1941 年，泰戈尔留下控诉英国殖民统治和相信祖国必将获得独立解放的著名遗言《文明的危机》，随即与世长辞，享年 80 岁。

国籍：印度

获奖时间：1913 年

获奖作品：《吉檀迦利》

获奖理由："由于他那至为敏锐、清新与优美的诗；这诗出之于高超的技巧，并由于他自己用英文表达出来，使他那充满诗意的思想业已成为西方文学的一部分。"

解　脱

戈丽年轻貌美，出生于世代富豪之家，自幼娇生惯养。她的丈夫巴勒斯以前境况不好，但近来收入增多，稍有好转。当他还

穷困潦倒的时候，他的岳父怕自己的女儿受苦，一直没让她去夫家。过了好几年之后，戈丽才进了夫家。

大概是由于这些原因吧，巴勒斯总觉得俊美的妻子和自己同床异梦。这种猜疑使得他的脾气变得古里古怪。

巴勒斯在西部一座小城里当律师。家中没有一个本族人，因此对妻子独自一人待在家里总放心不下，有时会冷不丁地从法院赶回家来看看。起初戈丽对丈夫这种莫名其妙的举动捉摸不透，至于她后来是否明白其中奥妙，那只有她自己知道了。

巴勒斯还开始随意解雇家中的男仆。他不能容忍一个男仆在他家受雇的日子稍长一些。尤其是戈丽想减轻繁重的家务劳动坚持要雇的男仆人更是非要马上解雇不行。纯洁无邪的戈丽由此受到的刺激越大，她的丈夫越不快，越做出一些没有准头的稀奇古怪的举动。

最后，当他实在无法控制自己，把女仆叫到一边偷偷盘问关于妻子的举止品行时，戈丽才若有所悟，知道一些前因后果。这个骄傲矜持的女人受了侮辱，像一头受伤的母狮烦躁不安地舐着自己的伤口。这种强烈的猜疑在夫妻之间产生了一条鸿沟，把两人完全隔开了。

巴勒斯终于公开向戈丽表示自己的疑心。这之后，他变得更加厚颜无耻、肆无忌惮，动辄醋劲大发，天天和妻子无端争吵。而当戈丽在痛苦之余，用无言的蔑视和箭一般锐利的眼光把他刺伤时，他暴跳如雷，更加深了自己的猜疑。

从此，这个失去和谐的夫妻生活和无子无女的少妇开始诚心诚意地拜神念经。她请来毗湿奴神会的青年祭师巴勒马南达·斯

瓦米，拜他为师，听他讲解《薄伽梵往世书》。她把内心的全部苦楚和爱情变成虔敬的心情供给师尊。

没有一个人怀疑过巴勒马南达的崇高纯洁的品行。所有人都崇拜他。但是，巴勒斯由于无法明说自己的怀疑，变得极为暴躁不安。他的怀疑就像一个无形的毒疮慢慢地侵蚀着他的心灵。

一日，为了一件微不足道的小事，这颗毒疮的脓终于喷涌而出。他当着妻子的面詈骂巴勒马南达是"下流胚"、"伪君子"，甚至冲口而出责问妻子："你向神明起誓老实说，你心中爱不爱那个大骗子？"

戈丽像一条被人踩住的蛇，霎时忘乎所以，索性以假当真，气呼呼地含泪道："是的，我爱他！你愿意怎么办就怎么办！"

巴勒斯立即把她反锁在屋里，离开家去法院。

戈丽忍无可忍，愤怒地砸开锁，奔出了家门。

巴勒马南达正在自己安静的小屋里诵经，除他之外没有第二个人。骤然，戈丽闯了进来，像一声晴天霹雳打断了他的静思。

"你要干吗？"

他的信徒说道："师尊，你带我走吧。把我从这个轻侮人的尘世中解救出来。我愿终身侍奉你。"

巴勒马南达痛斥戈丽一顿，令她速速回家。然而这位师尊被突然打断的思路怎能重新归绪？

巴勒斯回家后，一见屋门大开，忙问妻子："谁来过了？"

妻子答："谁也没来，是我到师尊那里去了一趟。"

巴勒斯刷地变得脸色惨白，俄顷，又血往头涌，狂怒地问："去干吗？"

戈丽回答说:"我愿意。"

从那天起,巴勒斯雇人看管大门,不许妻子外出。这件事闹得全城妇孺皆知,他更成为众矢之的。

巴勒马南达自从得悉这一令人发指的暴行之后,再也没有心思敬神。他考虑起离开这个城市的问题,然而他不忍心弃戈丽于不顾而自己一走了事。

这位出家人此后几天的行动除了天神之外,无人知晓。

被软禁在家的戈丽突然收到一封信。信中写道:

徒儿,我已考虑成熟,从前许多贞节美貌的女子出于对黑天神的爱,抛弃了家庭和一切。若是人世间的强暴使你的心受到伤害,请你务必告诉我。天神将会助我解救他的仆人,为此我将不惜把自己供奉在天神面前。你若愿意,请在本月二十八日(星期三)中午两点于你家附近水池边候我。

戈丽将信塞进了自己的发髻。到了该日,为了洗澡方便,她打开发髻。一摸,信不见了!蓦地想到:信也许在她睡觉时掉到了床上,也许丈夫此时正在读着信,气得七窍生烟。想到此,戈丽心中很痛快;同时,她又不愿意她的"头饰"——信落到一个小人手中受辱。

她快步走到丈夫房里,一看,丈夫正躺在地上全身痉挛,口吐白沫,眼往上翻。

戈丽眼明手快地从丈夫手中取回信,叫来了医生。

医生诊断说："是癫痫病。"

此时病人已经咽气了。

这一天巴勒马南达本要出庭去为一桩重要案件辩护的。而这位出家人却堕落到如此地步，一听到巴勒斯的死讯就迫不及待地要去和戈丽会面。

刚成为寡妇的戈丽从窗口朝外一望，只见她的师尊像小偷一般躲在后门的水池边。陡然她恍若被雷电击中，垂下了头。在她的心中，师尊的形象一下降低了。刹那间她的眼前闪现出他的可憎面目。

在下面，师尊喊道："戈丽！"

戈丽应声道："就来，师尊！"

当巴勒斯的朋友获悉他的死讯前来吊丧时，发现戈丽躺在丈夫身边也死了。

她是服毒自尽的。这出乎意料的夫妻双双身亡的事件，蒙上了现代节妇殉夫的庄重色彩，使得在场的所有人全都惊讶不已。

乐园里的不速之客

这人从不追求单纯的实用。

有用的活儿他不干，却整日想入非非。他捏了几件小玩意儿——有男人、女人、动物，那都是些上面点缀着花纹的泥制品。他也画画，就这样把时光全耗在这些不必要的、没用的事儿上，人们嘲笑他，有时他也发誓要抛弃那些奇想，可这些奇想已根深

蒂固了。

就像一些小男孩很少用功却能顺利通过考试一样，这人毕生致力于无用之事，而死后天国的大门却向他大大敞开着。

正当天国里的判官挥毫之际，掌管人们的天国信使却阴错阳差地把那人发配进了劳动者的乐园。

在这个乐园里，应有尽有，但独无闲暇。

这儿的男人说："天啊，我们没有片刻暇余。"女人们也在歇歇道："加把劲呀，时光不饶人！"他们见人必言："时间珍贵无比"，"我们有干不完的活儿，我们没有放走一分一秒！"如此这般，他们才感到骄傲和欢悦。

可这个新来乍到者，在人世间没做一丁点儿有用事儿就度完了一生的人，却适应不了这个劳动乐园的生活规律。他漫不经心地徘徊在大街小道，不时撞在那些忙碌的人们身上；即使躺在绿茸茸的草坪上，或湍急的小溪旁，也总让人感到碍手碍脚，当然免不了要受那些勤勉人的指责！

有个少女每天都要匆匆忙忙地去一个"无声"急流旁提水（在乐园里连急流也不会浪费它放声歌唱的精力）。

她轻移碎步，好似娴熟的手指在吉他琴弦上自如地翻飞着；她的乌发也未曾梳理，那缕缕青丝总是好奇地从她前额上飘垂下来，瞅着她那双黑幽幽的大眼睛。

那游手好闲之人站在小溪旁，目睹此情此景，心中陡然升起无限怜悯和同情，好似在看一个乞丐一般。

"嘿！"少女关切地喊道，"您无活可干，是吗？"

这人叹道："干活?！我从不干活！"

少女糊涂了，又说："如果您愿意的话，我分点活给您。"

"'无声'小溪的少女呀，我一直在等着从您那儿分点活儿。"

"那您喜欢什么样的活儿呢？"

"就把您的水罐给我一个吧，那个空的。"

"水罐？您想从小溪里提水吗？"

"不，我在水罐上画些画。"

少女愕然道："画画，哼！我才没时间和你这号人磨嘴皮子呢！我走了！"她就离开了。

可是一个忙忙碌碌的人又怎能对付得了一个无所事事的人呢？他们每天都见面，每天他都对她说："'无声'小溪的少女呀，给我一个水罐吧，我要在上面画画。"

最后，少女终于让步了。她给了他一个水罐，他便画了起来。画了一条又一条的线，涂了一层又一层的颜色。画完后，少女举起水罐，细细地瞅着，她的眼光渐渐迷惘了，皱着眉头问："这些线条和色彩是什么呀，要表达什么呢？"

这人大笑起来："什么也不是。一幅画本来就可以不意味什么，也不表达什么。"

少女提起水罐走了。回到家里，她把水罐拿在灯下，用研审的目光，从各个角度翻来覆去地品味那些图案。深夜，她又起床点燃了灯，再静静地细看那水罐。她终于平生第一次发现了什么也不是，也不表达什么的东西。

第二天，她又去小溪提水，但已远非以前那样匆忙了。一种新的感觉从她心底萌发出来——一种什么也不是，也不为什么的感觉。

看见画家也站在小溪旁，她颇感慌乱："您要我干什么？""只想给您干更多的事儿。""那您喜欢干啥呢？""给您的乌发扎条彩带。""为什么？""不为什么！"

发带扎好，鲜艳而耀人。劳动乐园里忙碌的少女现在也开始每天花很多时间用彩带来扎头发了。时光在流逝，许多工作不了了之。

乐园里的工作开始荒芜，以前勤快的人现在也开始偷闲了。他们把宝贵的时光耗在了诸如画画、雕塑之类的事上。长老们大为愕然，召开了一次会议，大家一致认为，这种事态在乐园中是史无前例的。

天国信使也匆匆而至，向长老们鞠着躬，道着歉："我错带一人进了乐园，这都怪他。"

那人被叫来了。他一进来，长老们即刻就注意到了他的奇装异服，及其精致的画笔、画板，也立刻就明白了这不是乐园中所需要的那种人。

酋长正言道："这里不是你待的地方，赶快离开！"

这人宽慰地舒了口气，拾掇好他的画笔及画板。就在他即将离去之际，那少女飞奔而来。"等等我，我和您一块儿走！"

长老们呆住了，在劳动乐园里，以前可是从未有过这等事呀——一件什么也不是，也不为什么的事。

一个古老的小故事

又要我讲故事？不，我再也讲不了啦。我实在是疲惫不堪，才思枯竭。请允许我休息片刻吧！

很难说，到底是谁使我处于这种尴尬境地的。我真不明白，你们为什么总是这样三五成群地围着我，激励和期待着我。可能是出于你们的天性，也可能是你们对我突然产生了偏爱，而且还想方设法地保持这种青睐。

可是，人们无声地、含混不清地交给我的工作，我是难以胜任的。至于能力问题，我既不妄自菲薄，也不恃才自傲。这是因为上苍把我塑造成不通人性的生灵。没有赋予我适应人们赞扬和夸奖的气质。上苍的信条是：如果你想洁身自好，那就生活在杳无人烟的地方吧！我的心灵，也总是渴求找到一个人迹罕至的世外桃源。然而，不知是命运有意地捉弄，还是无意地安排，偏偏把我抛到这摩肩接踵的人类社会里来了。现在，上苍在掩面嬉笑，我也想嘲笑它一番，可是办不到。

我并不认为，逃跑是可取的办法。在军队中，常有许多这样的人：他们其实是热爱和平反对战争的。但是，不论是自己糊涂，还是受别人诱惑，一旦当了兵，来到战场，妄想临阵脱逃，总是很不光彩的。命运之神对人的安排，并非都是深思熟虑、完美无缺的。可一旦它作出了决定，人的职责就是服从。

倘若你们想到我这里来，那就来吧！但要尊重我，如果不想

来听，你们再自恃清高，唯我独尊也为时不晚。人世间，这种情况是司空见惯的。因此，一个"普通的"不太高尚而又调皮的国王，其随从也不会完全信赖他的，当然，过分注重荣辱，那也会一事无成。只有抛弃欲念去工作，才会得到赞誉。

如果你们想听我讲故事，那就来吧！我总会讲点什么的。什么劳累呀、灵感呀，我才不去管它呢！

今天，我想起了一个古老的小故事。虽然并不十分精彩，但我想你们会耐心地听我讲完的。

从前，有一条大河，河边生长着一片茂密的树林，在树林里和河岸边，住着一只啄木鸟和一只田鹬。那时，大地虫蛹丰盛，它俩根本不知什么是饥馑，总是吃得饱饱的，长得脑满肠肥。它们颂扬着大地的恩赐，在养育者身上游来荡去。

随着时光的流逝，大地上的虫蛹越来越稀少了。

这时，住在河边的田鹬对栖息在树上的啄木鸟说："啄木鸟兄弟，世上许多人都认为这块土地年轻肥沃，妖娆多姿，但是，我看它倒是衰老贫瘠，不堪入目。"

"田鹬兄弟，"啄木鸟附和道，"好多人认为，这树林生机勃勃，优美动人，但在我看来，它是死气沉沉，徒有其表。"

于是，它俩决定一起来证实自己的看法。田鹬跳到河边，用嘴啄那柔软的污泥，以证明大地是如何的老朽。啄木鸟用嘴不断地啄那坚硬的树干，试图宣扬树林的极度空虚。

这两只顽固的鸟儿，对歌唱艺术天生地一窍不通。因而，当杜鹃一次又一次地预报大地即将春暖花开，当云雀反复赞颂树林晨曦复苏的时候，这两只饥饿的哑鸟，仍然满腹牢骚地坚持自己

的见解，无休止地埋怨着。

你们喜欢这个故事吗？也可能无所谓喜欢不喜欢。不过，这个故事的最大长处就是言简意赅。

也许你们并不认为这是一个古老的故事。因为事实上，它既是最古老的，又是永远常新的。很久很久以来，忘恩负义的啄木鸟，就对大地坚定不移的高尚品质，唠叨抱怨不已。田鹬对大地丰盛富饶的温柔美德，也喋喋不休地指责。直到今天，它们还在没完没了地埋怨哩！

你们可能会问，故事中有什么可悲和可喜的事情吗？有的！既有可悲的，也有可喜的！可悲的是，尽管大地如此慷慨，树林如此广阔，但那渺小的嘴，一旦找不到可口的食物，就会开始恶毒地中伤诽谤。可喜的是，尽管经历了亿万年，大地依然年轻，树林仍然茂盛。如果有谁死亡的话，一定是两只心怀嫉妒的不幸小鸟，而世界上谁也不会再想起它们。

你们现在明白这个故事的中心意思了吗？其实，它并不难理解！或许你们年龄再大一点就会懂得的。

难道这一切与你们毫无关系吗？

不！这是毋庸置疑的。

难以避免的灾祸

地主的总管吉里什·巴苏家里，从很远的他乡异地雇来了一个新的女仆。她名叫佩丽，年纪很轻，品行端庄，性格温柔。没

干几天，佩丽就发现老总管不时地用贪婪的目光注视着自己。她出于自卫的考虑，到总管的老婆跟前哭诉了一番。

女主人对佩丽说："孩子，你到别处去另谋生路吧！你是规矩人家的姑娘，待在这里对你不合适。"

说完后，女主人悄悄地给姑娘一点钱就打发她走了。

然而，要逃出此地也并非易事，她手头的路费太少。因此，佩丽只好到村里婆罗门霍里霍尔·波塔恰尔乔先生家里寻求庇护。

霍里霍尔几个深明事理的儿子说："爹，你为什么要给家里招惹是非呢？"

"既然灾祸自己找上门来请求庇护，我就不能拒之门外，把姑娘再送回虎口。"霍里霍尔回答说。

过了不久，吉里什·巴苏来到霍里霍尔家里，深深地鞠了一躬，说道："波塔恰尔乔先生，您为什么勾引我的使女呢？我家里事情很多，没有女佣是很不方便的。"

霍里霍尔怒气冲冲，直言不讳几句话就把总管顶了回去。这位婆罗门是个自尊心很强的人，不会为了曲意逢迎而拐弯抹角地去打交道。总管暗自把他比做振翅发怒的蚂蚁，扭头走了。离开时，他向婆罗门恭恭敬敬地行了一个触脚礼。

几天之后，警察来到了波塔恰尔乔的家里，从女主人的枕头下面，找出了总管妻子的一副耳环。女仆佩丽被当做窃贼抓进了监狱。至于波塔恰尔乔先生，由于德高望重远近闻名，总管才没敢控告他窝藏赃物。

总管告别时，又向婆罗门行了触脚礼。

霍里霍尔很明白，正是因为自己收留了佩丽，才使这不幸的

姑娘蒙受了不白之冤。婆罗门心里很不安，如坐针毡。

儿子们对他说："我们把田地卖了，搬到加尔各答去住吧！在这里，我们还会遇到很多的麻烦的。"

霍里霍尔回答说："如果命中注定，即使逃到天涯海角，也是躲避不了灾祸的。我不能抛弃祖辈遗留下来的产业。"

就在这时候，由于总管想要大幅度增加地租，激起了佃户们奋起反抗。霍里霍尔所有的土地全是庙产，与地主没有任何瓜葛。总管向自己的主子报告说："霍里霍尔唆使佃农发动暴乱。"

地主盛怒不已，吩咐道："随你采用什么办法，一定要惩治波塔恰尔乔。"

总管向波塔恰尔乔又行了个触脚礼，说："前面的这些土地夹在地主老爷的田地中间，应该交出来。"

霍里霍尔回答说："这是什么话！那些土地自古以来就是我们的产业，而且是梵天赐予的！"

法院里收到一份申诉书，说什么与院子毗连的霍里霍尔的祖业，是地主的地产。

霍里霍尔听到这个消息后说："这些土地要是该放弃就放弃吧，我这一大把年纪，不能去法院作证了。"

他的儿子可不答应。他们说："把院子周围的土地交出去，全家以什么为生？"

老头子抱着一线希望——保全比生命还要珍贵的祖业，来到法院。他双腿颤抖，战战兢兢地站在证人席位上。法官诺博戈帕尔先生根据霍里霍尔的证词，终止了这件诉讼案。波塔恰尔乔的佃户们，为了这件事打算在村里隆重地庆祝一番。但霍里霍尔急

忙制止了他们的庆祝活动。

过了不久，总管再次来到婆罗门家里，并特别恭敬地行了一个触脚礼，他的头几乎都碰到了地面。原来他又向法院递了一份上诉书。

律师们从霍里霍尔那里分文未取。他们一而再再而三信誓旦旦地对婆罗门说，这场官司他一定会大获全胜万无一失。白天无论如何也不会变成黑夜。

听律师们这么一说，霍里霍尔就没有再过问这件事了，心安理得地待在家里。

但是，有一天地主的公事房里突然传出了敲锣打鼓的喧哗声。总管家里杀猪宰羊，像庆祝杜尔伽大祭节一样的热闹。这到底是怎么回事呢？波塔恰尔乔得知，在诉讼中，他失败了。

波塔恰尔乔被弄得晕头转向，问律师道："博尚托先生，这是怎么搞的？我该如何办呢？"

博尚托先生对他说了一下白天是怎样变成黑夜的内幕："不久前刚当上首席法官的这位先生，早在当法官的时候，就与法官诺博戈帕尔先生结下了很深的宿怨。当时他们两个人的地位不相上下，他无可奈何。而现在，他刚一爬上首席法官的座位，就推翻了诺博戈帕尔的意见。因此，您就败诉了。"

懊恼不已的霍里霍尔问道："还可不可以向最高法院上诉呢？"

"上诉是不会有什么结果的。"博尚托说，"首席法官认为您的证人的证词可疑，而对方证人的证词则真实可信。关于证词的问题，最高法院是不会受理的。"

老头子眼泪汪汪地问道："那么，现在我该怎么办？"

"我看不出有什么办法。"律师说。

　　第二天，吉里什·巴苏带着一帮子人来到了霍里霍尔的家里。他又恭恭敬敬地向婆罗门行了个触脚礼。告别时，他深深地叹了一口气，说："主的安排也就是你的意愿!"

高尔斯华绥

约翰·高尔斯华绥（1867～1933），英国小说家、剧作家。

高尔斯华绥在英格兰萨里的一个富裕家庭出生，曾在哈罗公学和牛津大学新学院学习法律，1890年成为讼务律师。但他取得律师资格后并没有执业，而是出国帮助打理家族生意，旅程中认识了作家约瑟夫·康拉德。高尔斯华绥在1895年开始写作，1897年的短篇故事集《天涯海角》是他出版的第一部作品。

约翰·高尔斯华绥

他发表的第一份剧本《银盒》（1906年）及随后发表的长篇小说《有产业者》（1906年）都获得成功。他和其他一些同期作

家（例如萧伯纳）的作品都涉及社会的阶级系统和其他问题，剧本《斗争》（1909 年）就是这样的作品。高尔斯华绥凭作品《福尔赛世家》三部曲（《骑虎》、《出租》与《有产业的人》）获得诺贝尔文学奖。

1933 年，高尔斯华绥因脑癌在伦敦的家中逝世。

国籍：英国

获奖时间：1932 年

获奖作品：《福尔赛世家》

获奖理由："为其描述的卓越艺术——这种艺术在《福尔赛世家》中达到高峰。"

演　变

从剧院里出来，我们简直搭不上一辆出租汽车，尽管下着蒙蒙细雨，也只得走着穿过累斯特广场，巴望碰着有一辆车顺着皮卡迪利大街开回来。倒有不少双轮和四轮马车驶过去，有的停在路边上，有气无力地招呼我们，有的想都没想惹我们注意，而每辆出租汽车看上去却都搭上了乘客。在皮卡迪利广场，再也等不下去了，便只好叫住一辆四轮马车，让它带着我们慢悠悠地走完

一段漫长的路程。一阵轻微的西南风从敞开的车窗吹进来，风里有一种变化的气味，那种潮湿的气味四处弥漫。甚至侵袭到各个城镇的中心，使善于观察它们形形色色活动的人想到一种无休无止的力量永远在呐喊："变下去！变下去！"可是，马蹄单调不变的嗒嗒声，窗子的吱吱声，车轮在地上颠簸的嘎登嘎登声，不紧不慢地吵得我们昏昏欲睡。终于到家的时候，我们简直都快睡着了。车费是两先令，在交给车夫之前，我们站在灯光下看清了手里是不是一枚半克朗的硬币，这才偶然抬起了头。这个车夫看上去有六十岁上下，脸又瘦又长，下巴和下垂的胡须仿佛永久地贴在他那蓝色旧大衣竖起的领子上。不过他脸上最显眼的特征还是腮帮子那两道沟，又深又空，看上去那张脸是由一些没有黏着肉的骨头拼成似的，中间深陷出一双眼睛，一点儿神采也没有。他一动不动地坐在那里，盯着他那匹马的尾巴。于是，我们中间有一位，几乎是无意识地，又在那半克朗之外添上了他剩下的钱。他把钱接了过去，什么也没有说，但我们正走近花园大门时，却听见他开了口：

"谢谢您啦！您可救了我一命。"

我们都不知道该怎么回答这一句怪话，便又关上了大门，走回到马车跟前来。

"情况糟到这个地步吗？"

"是啊，"车夫答道。"到头啦——这差使。现在没人需要我们了。"于是，他扬起鞭子，打算把车赶走。

"像这样糟有多久了？"

车夫又垂下了手，仿佛乐于让它歇一歇似的，文不对题地回

诺贝尔文学奖得主小小说精选

答说：

"我赶了三十年车。"

接着，他又盯住马尾巴发起呆来，只有一个个问题才能把他从沉思中唤醒来说说他自己，他似乎意识不到自己的。

"我倒不怪出租汽车，我谁也不怪。让我们赶上了，就这样赶上了。早上我从家里出来，什么也没给老婆留下。她昨儿个还问过我：'这四个月来，你挣回家多少了？'我说：'一星期照六先令算吧！'她说：'不对，是七先令。'可不，她就是这样上的账。"

"你们真快断顿了吗？"

车夫笑了，那两个深坑之间的笑容实在奇特，恐怕很难在一张人脸上看得到。

"可以这么说，"他说道，"唉，才有多少呢？今天，我拉上你们之前，只挣了十八便士；昨天，挣了五先令。而我一天得挣七先令交租车费，那还算是便宜的。有很多车主都破产关门了——一点也不比我们强。他们这会儿撇下我们，再容易不过了；你总不能教铁石心肠发慈悲吧，能吗？"他又笑了。"我倒也挺可怜他们，也可怜那些马，尽管我相信，它们的下场在我们三方面算是最好的。"

我们中间一个人对公众说了几句抱歉话。

车夫转过脸，透过黑暗凝视着下边。

"公众？"他说道，他的声音里带着一丝惊讶。"唉，他们都要坐出租汽车。那是很自然的。他们坐在那里面来来去去快多了，一寸光阴一寸金嘛。我等了七个钟头才拉上你们。你们那会儿正找出租汽车。搭他们的车和搭我们的一样，因为他们也强不了，

通常他们的脾气都挺大。再说有些老太太就怕那些机动车，可老太太付钱向来不痛快——痛快不了，我认为她们大多数都是这样。"

"我们都为你难过。人本来会想到——"

他低声打断我们的话："难过也顶不了饭……过去从来没有人向我打听过生活。"接着，他慢慢把长脸左右摇了摇，补充道，"再说，人家又能怎么样呢？总不能指望人家养活你吧，而且要是向你问起问题来，他们会觉得很别扭。他们也明白这一点，我想。当然，我们有那么多人，双座马车简直和我们一样糟。唉，吃我们这碗饭的人一天比一天少了，这是明摆着的事。"

不知道该不该对这种消亡现象表示一下同情，我们便凑近到马跟前。这是一匹从膝盖看来"凑合"得太久了的马，在黑暗中似乎有数不清的肋骨。我们中间有个人突然说："就光凭这些马的样子，很多人也愿意在街上只看见出租汽车，看不见别的。"

车夫点了点头。

"这个老家伙，"他说，"从来没长过多少肉。如今它吃食也打不起精神来。虽说吃的质量不怎么好，可是够它吃的。"

"你不够吧？"

车夫又拿起鞭子。

"恐怕，"他一动不动地说，"眼下没有谁能给我个活儿干了。我干这活儿年头太长了。要没有别的路可走，也只有进济贫院。"

听着我们抱怨世道似乎太残酷，他第三次笑了。

"是呀，"他说得很慢，"对我们是狠了一点，我们根本没有招

惹谁呀。可是世上的事情就是这样，让我来说的话。一件东西来了，就把另一件东西挤走了，就这样挤下去。我想过了——你得想想事情的道理，整天坐在这里想来想去。我终于想不清有什么道理。我们的末路很快要到了——不会有多久。我也说不准，会不会为再赶不了车心里难受，这太让我丧气了。"

"听说筹措过一笔款子。"

"是的，供我们一些人学开汽车；可在我这把年纪，对我有什么用？我都六十岁了；像我这样的不止一个——有好几百。我们学不进去了，这是事实；我们现在没有精力了。要救济我们可需要一笔巨款。所以你们说的不假——人家想要我们收场。他们要的是出租汽车——我们混生活的日子过去了。我可没有抱怨，你们自己问起我的。"

于是他第三次举起鞭子。

"你告诉我，假如给你的车费仅仅多六便士，你会拿它做什么呢？"

车夫朝下凝视着，好像被那个问题问憷了。

"做什么？什么也做不成。我能做什么呢？"

"可是你说它救了你的命呀。"

"是呀，我说过，"他慢声答道，"我当时觉得有点憋气，人有时候免不了，这是注定要碰上的，没法躲开——你要想得开这个。"不过我们照例能不想就不去想它。

这一次，他说了声"真谢谢你们啦"，就用鞭子磕了磕马的肋部。那个被遗忘了的牲口像从梦中被唤醒似的迈动了腿，开始把马车从我们面前拖走。他们在灯光衬出的一丛丛树影之中，非常

缓慢地沿路而去。在我们的头上，云朵像白船一样正乘着带有变化气味的风，疾速地驶过黑河似的天空。马车看不见了，那股风依然把那即将消失的车轮慢慢转动的声音送到我们耳边。

蒲 宁

伊凡·亚历克塞维奇·蒲宁
（1870～1953），俄国作家。出生于
波罗涅日市没落的贵族家庭，父亲
阿历克谢·尼古拉耶维奇·蒲宁是
个败家子，贪杯滥赌，将财产挥霍
一空，母亲柳德米拉·亚历山德罗
夫娜常难过落泪，后来全家被迫迁
居到祖父的布蒂尔基田庄，后寄居

伊凡·亚历克塞维奇·蒲宁

在外祖母的奥勒尔省庄园，蒲宁的童年在宁静的乡村里度过。

1881 年蒲宁在叶列茨县贵族男中读书，但中途辍学。由于家
庭的经济状况每况愈下，蒲宁很早就开始在外工作，他当过校对
员、统计员、图书管理员、记者。他在奥廖尔导报社时认识一位
名叫瓦里娅·帕先科的女孩，相恋两年，最后因女方家长的反对
而分手，对蒲宁的心灵造成不小的创伤，他的小说大多是悲剧

结局。

他曾受教于托尔斯泰、契诃夫、高尔基等作家，并为高尔基的知识出版社撰过稿。1887 年开始发表文学著作。1892 年出版第一部诗集，1897 年出版第一部短篇小说，1901 年发表诗集《落叶》，以祖国及其贫穷的村庄和辽阔的森林为题材，获普希金奖。1920 年十月革命后流亡法国。写有近 200 篇短篇小说。主要作品有诗集《落叶》，短篇小说《三个卢布》、《中暑》、《安东诺夫的苹果》、《松树》、《乌鸦》、《新路》、《巴黎》，中篇小说《乡村》等。1933 年以《米佳的爱》获得诺贝尔文学奖。

国籍：俄国

获奖时间：1933 年

获奖作品：《米佳的爱》

获奖原因："由于他严谨的艺术才能，使俄罗斯古典传统在散文中得以继承。"

阔别重逢

绵绵的秋雨使城外的大路上积满了雨水，路面露出东一道西一道错乱的车辙。一辆四轮马车朝一座木房驶去。车篷半敞着，

车身溅满了泥水，三匹瘦马拉着车。这座木房一半是官家的邮局，另一半是供过往行人歇脚、进餐、住宿的私人旅店。赶车的是一个身体结实的农民，黑脸黑胡子，像古代的一条绿林好汉。车里坐着一位上了年纪的军人，头戴军帽，身穿海龙皮军大衣。眉毛粗黑，但髭须和双鬓已经花白了，面色虽然严峻，但却显得疲惫倦怠。

马车停下后，他伸出一只穿着锃亮、没有一丝皱褶的军靴的脚，用戴着鹿皮手套的一只手撩起军大衣的下摆迈下马车。

他在门槛处微微地弓一下腰，跨过门廊，拐进左边的屋子。

堂屋里很暖和，干爽，左边墙角上挂着金光闪闪的圣像，圣像下面摆着一张桌子，桌布洁白整齐，桌边围放着几条擦得干干净净的长凳。右墙角有个做饭用的炉子，炉边摆着一张躺椅，从炉子那边飘来阵阵菜汤的香味。

他脱下大衣放到长凳上，这时身体显得格外匀称矫健，接着摘下手套和军帽，然后用一只清癯的手理了理头发。堂屋里一个人也没有，他满心不快地喊道：

"喂！有人吗？"

应声走出来一个女人，她一头黑发，虽然看上去有四十多岁了，但仍有几分风韵。"欢迎！欢迎，大人。"她说，"您想用饭？还是喝茶？"

客人朝她那丰满的双肩瞥了一眼，毫不在意地答道：

"喝茶。您是店主还是招待？"

"店主，大人。"

"看来这店是您一个人开的了？"

"是的，就我一个人。"

"守寡吗？要不怎么自己干这个呢？"

"不是守寡。大人，不干点事怎么糊口呢？"

"是这样，你这个地方很干净呀！"

这个女人眯起眼睛，上下打量着来客。

"我收拾惯了，"她说，"因为我过去一直是当仆人的，阿列克希耶维奇！"

听她说出了自己的名字，客人已慌得不知所措了。

"是你？奈吉达！"他惊奇地问。

"是我，阿列克希耶维奇！"她镇定自若地回答道。

"天哪，"他一下子瘫在长凳上，两眼直勾勾地看着店主。"谁能想得到呢？我们有多少年没见面了？"

"三十年，阿列克希耶维奇！我今年四十八岁，您快六十了吧！"

"差不多……天哪！我做梦也没想到能看见你！真怪！"

"有什么可怪的？先生！"

"这一切一切……你还不明白吗?!"

他那倦怠的神情一下子烟消云散了，他站起身，在屋子里低着头踱起步来，只见他满脸涨得通红，过了一会儿，他停下脚步问道：

"打那以后我就断了你的消息。你怎么到这个地方来了呢？为什么没有留在老爷家？"

"您走后，老爷就恩赐解放了我的奴隶身份。"

"那么你都到什么地方去了呢？"

"说来话长，先生！"

"听你的口气，你没嫁人？"

"没有，没嫁人。"

"为什么？你长得这么漂亮，为什么没有嫁人？"

"我不想嫁人。"

"为什么？"

"这还用解释吗？我想您还不至于把我是怎样爱着你的忘得一干二净吧。"

他脸红了，重新踱起步来，眼里噙着泪水。

"一切都会过去的，我的朋友，"他低声地说，"爱情、青春，一切都不例外。那只是一段很平常的往事，它随着时光的流逝也就过去了。"

"上帝赋予每个人的性格是不一样的，阿列克希耶维奇！青春能消逝，但爱情却不能磨灭。"

他苦笑了一下说："你总不能永远爱我吧？"

"您错了，我恰恰是这样。虽然这么多年过去了，可我对您的爱始终没有动摇。尽管我心里清楚，你早已不是原来的你了。可对你来说，那是另一回事了。现在，我知道责备你也无济于事，想到你薄情无义把我抛弃，你的心也够狠的了。多年来，我蒙受了莫大的羞辱，我曾几次想自杀。曾几何时，我还管你叫小名呢，你还经常朗诵诗给我听。"

"那时你真漂亮，"他说，"真迷人，身段苗条，眼睛明亮，无人不为之动心。"

"当时你也是相貌堂堂，我把我的美貌和爱情，一切都奉献给

了你。"

"啊！一切都会逝去，一切都会淡忘的。"

"一切都会逝去，然而不是一切都能忘记。"

"请你走开吧！"

他掏出手帕擦了擦眼睛，接着说：

"但愿上帝能饶恕我，看来你是原谅我了。"

她已走到门口，听到这话她停住了脚步，说道：

"没有，阿列克希耶维奇，我没有原谅您，既然您这么说，我就直言不讳地告诉您：我永远不能原谅您，尽管讲这些话已经是多余的了。"

"是的，没有什么必要了，请你去招呼一声车夫，让他把马车备好。"他脸上完全是一副阴森的表情，"我不妨也告诉你一下：我一生从未有过幸福，我这样讲也许会挫伤你的自尊心，但我还是要开诚布公地告诉你，我曾深深地爱过我的妻子，可她背叛了我，使我蒙受奇耻大辱，比我给你造成的痛苦还大。我把希望寄托在我的儿子身上，可他长大却成了一个不知廉耻的花花公子，使我痛不欲生……然而这一切都不过是平淡的往事。我想，我失去了你，也许就是失去了我最宝贵的东西。"

她走回他的身边，吻了一下他的手，他也吻了一下她的手。

"叫人备车去吧……"

上路之后，他郁郁寡欢，心里想道："当年她真是个绝世美人。"接着，他便回忆起他们这次见面的情景，回忆了她吻他手时的情景，他感到愧不可当。"她把一切都奉献给了我，而我……"

落日渐渐西沉，车夫选择稍微干爽一点的路面赶着车，他好

像在想着什么。后来，他抖擞精神，一本正经地说：

"大人，那个女人一直在窗口看着咱们离开的，大概你们从前认识吧？"

"很早以前就认识。"

"这个娘儿们很能干的，听说她发财了，还放债呢。"

"那有什么可大惊小怪的！"

"那还不算大事吗？谁不想有钱过好日子。听人说，她放债的利钱很公道，但是必须守信用。如果遇到想赖债的人，她也无计可施，只好怨自己倒霉。"

"是啊，怨自己倒霉吧……把车赶得快点，不然我们就赶不上车了……"

在残阳的余晖中，空旷的田野被染得通红，三匹马踏着泥水发出有节奏的声音，他紧蹙双眉，陷入了沉思：

"是啊。怨自己倒霉吧，往事不堪回首，如果那时我不抛弃她，日后会是什么样子呢？无法想象。不过这个女人至少不会当饭店的老板娘。而我的妻子——我彼得堡家中的主妇、我儿子的母亲，也不会是现在这个境况。"

他摇了摇头，闭上了眼睛。

美　人

省税务局官员，一个上了年纪的鳏夫，娶了军官的女儿，一个非常年轻的美人。鳏夫沉默寡言，谦恭温雅；而美人却自视身

价颇高。鳏夫是个细高个儿，瘦骨嶙峋，纯粹是肺痨病人的体态。他戴一副碘色眼镜，声音有些嘶哑。如果想大声一点说话，就得直接从喉管发出吼声。而美人却身段苗条，娇小结实，长得十分俊俏，平日总是穿得漂漂亮亮的；她目光敏锐，很会精打细算，家务事料理得井井有条。鳏夫像许许多多的省城官员那样，在各方面都非常干巴乏味，毫无吸引人之处，但初婚就娶上一个美人；人们无不两手一摊，显出十分惊讶的神色：这样的美人怎么会嫁给他这个人，她图他什么呢？

如今这第二个美人心安理得地开始对他前妻留下的 7 岁小男孩怀恨在心，装着根本就没有看见这孩子似的。父亲由于惧内也装起蒜来，似乎他并没有什么儿子，根本就没有养过儿子。这生性活泼温顺的孩子，从此在他们面前不敢吭声，后来性格就变得完全内向，躲着藏着，好像在这家里已经不存在他这个人似的。

再婚后，孩子马上就被撵出父亲的卧室，睡在客厅的长沙发上；这是个紧挨着餐室的小房间，陈设着一些蓝色天鹅绒家具。但他在那儿睡得很不踏实，每夜都要把床单和被子踹到地上。于是美人很快就对侍女说：

"这真不像话，他会把长沙发上的天鹅绒全给蹭坏的。娜斯佳，走廊上已故女主人的大箱子里有一个褥子，那是我早先叫你放在那儿的，你就用那个褥子给他在地板上铺个睡觉的地方得啦。"

于是，这个在人世间孤苦伶仃的孩子，就过起完全独立孤单的生活。这是种无声无息的、不露形迹的、天天千篇一律的单调日子：他像小绵羊似的坐在客厅的一角，在石板上画他的小房子，

或者老拿着还是他母亲在世时买的那本带画的小人书，一字一句地低声朗读，呆视窗外……他在长沙发和一棵种在桶里的棕榈树之间的地板上睡觉。他晚上自己铺地铺，早上认真收拾整理，卷好被褥就往走廊上搬，把它塞进妈妈的大箱子，在那箱子里，藏着他个人的全部家当。

狼

一个暖热的八月之夜，天黑糊糊的，依稀看得见几颗星星在高空云层深处若隐若现。一辆小车沿着布满厚厚一层尘土的田野大道徐缓而无声地行驶着。车上坐着两个年轻的乘客：一个小地主小姐和一个中学生。阴暗的远处闪亮着一道火光。时而照亮车前那一对平静地跑着的马。马儿鬃毛凌乱，套着简便马具。时而照亮那小青年的双肩和他头上的便帽。他身着麻布衬衫，稳坐在驾驶座位上。车前一忽儿闪过一片收获后空闲着的田野，一忽儿闪过一片黑森森的树林。昨儿晚上，村子里曾响起一阵阵喧嚷声、喊叫声和胆怯的犬吠声。当时乡间小木房一带已吃过晚饭，一只狼吓人地咆哮着闯进一家农户的院子，咬死了一只羊，差点儿把它叼走了。在狗群的吠叫声中，农人们拿着棍子赶了出来，把那只已被拦腰撕裂的羊夺了回来。现在车上的这位姑娘神经质地哈哈大笑着，她擦燃一根根火柴，把它们掷向黑暗的夜色之中，并开心地叫喊：

"我怕狼！"

火柴的亮光照耀着小青年瘦长而粗鲁的面庞和他那兴奋的宽颧骨的脸膛。姑娘长着一副小俄罗斯型的圆脸，她头上扎着一条红色的头巾，红色印花连衫裙的领口自在地敞开着，显露出她那圆圆的健壮的脖子。小车在奔跑中摇晃着。她擦燃火柴把它们掷向黑暗的夜色中，似乎没有察觉到中学生在搂抱着她。他时而吻着她的脖子，时而吻着她的脸颊，并找寻她的嘴唇。她推开他的手肘。坐在驾驶座位上的小青年故意带一点儿傻气地大声对她喊叫：

"给我火柴！我要抽烟！"

"就给你！就给你！"姑娘叫嚷着，又一次擦燃火柴。随后，远处亮起一道闪光，把夜色反衬得越加漆黑一团。在黑暗中他们只能感觉到小车在向前行驶。最后，她让他长久地吻着她的嘴唇。突然，一下碰撞，他们颠晃了一下，小车撞在什么地方停住了。小青年急剧地勒住了马。"狼！"他猛地大叫一声。

在他们右前方的远处一起火灾的火光分外刺目。小车就在那远处火光所照亮的一座林子前停住了。由于火光的映衬，林子显得愈加阴森森的。那火灾的火焰急匆匆地向天空乱窜，眼前的一切都在摇摇晃晃地颤动，在火光前显露出来的整个田野也都好像在那时明时暗的暗红色火光中颤动着。这火光尽管还在远处，但它那流动的炽烈地燃烧的烟火的影子却仿佛离小车只不过一俄里左右。火势狂暴地蔓延开来，越来越灼热而可怕地笼罩着宽广的地面，使人感觉到它的热气已经扑到了脸上，扑到了手上，他们甚至已经看得见黑暗的地面一处即将燃烧尽的屋顶上的红色火网。在树林的阴影下站着被火光映红的灰色的野兽——三只大狼。它

们的眼睛时而闪出亮幽幽的绿光，时而射出火红的光芒。就像那从红醋栗榨出来的热乎乎的红色果汁似的，那样透亮，那样鲜明。马惊吓不安地打着响鼻。蓦地，马发狂似的朝左侧的耕地冲去。手持缰绳的小青年朝后一仰倒了下去，小车发出碰撞声、碎裂声，沿着初耕地颠簸着、跳动着……

在谷地上的不知什么地方，马再一次冲腾纵跳，姑娘一跃而起，刚刚来得及从吓傻了的小青年手中夺过缰绳。她一挥手飞身跳上驾驶座位，她的脖子碰在车子上不知哪处的一件铁器上。就这样，她的嘴角上终身留下了一道轻微的伤痕。当人们问及她的这道伤痕时，她总是得意地微微一笑。

"事情发生在好久以前的一天。"她边说边回忆起早先的那一个夏天，那八月的干燥的日子和暗黑的夜晚，打谷场上人们在打谷，新堆的谷草垛发出沁人的气味，那个没有刮脸的中学生，她同他躺在谷草垛上。仰望那流星发出的瞬息即逝的明亮的弧形的光辉……"狼是那样的吓人。马儿在狂奔，"她说道，"我急速地拼命地扑了上去，勒住了马……"

那些一次也不曾领受过她的爱的人们都说："再没有什么比这一道像是经常在嫣然微笑的伤痕更可爱的了。"

延 森

约翰尼斯·延森（1873～
1950），丹麦小说家、诗人。出生
于丹麦日德兰半岛西岸的西玛兰，
延森在那里度过了他的童年和少年
时代。从小学起，他就迷恋读书，
尤其喜爱丹麦古典文学和北欧神话
传说。西玛兰教育了延森对时空的
强烈感受，使他关注人类历史和命
运并与大自然深深结缘。17岁时，
延森到格陵兰上高中，三年后，到

约翰尼斯·延森

了哥本哈根念大学，结识勃兰兑斯等一些丹麦的著名学者和作家。
1895年，延森在一份周刊上发表发表连载惊险小说《卡塞亚的宝
物》，这是他的第一部文学作品，紧接着，他又写了一系列侦探小
说。第二年，长篇小说《丹麦人》出版，由延森根据学生时代的
经历写成。从此，延森成为一名职业作家。从1897年起，他陆续

创作了 30 多篇描写家乡西玛兰风土人情的短篇小说，后来结集出版了《西玛兰短篇小说集》，该小说集连续再版达几十次之多，为延森赢得了世界声誉。

延森曾两度到美国旅行，并写出了小说《德拉夫人》（1904 年）和《车轮》（1905 年）。两篇小说均以 20 世纪初的美国为背景，充满了讽刺、滑稽与悲剧色彩，较深奥难懂。延森的重要作品有长篇系列小说《漫长的旅途》、《冰河》、《船》、《失去的天国》、《诺尼亚·葛斯特》、《奇姆利人远征》和《哥伦布》。这七部长篇小说从远古冰河时代的北欧写到哥伦布发现美洲大陆，具有史诗的宏大气势和优美奇特的风格。其他作品有小说《艾纳·耶尔克亚》、《国王的没落》、《鲁诺博士的诱惑》，诗集《世界的光明》、《日德兰之风》和数量众多的散文及美学论文。1944 年获得诺贝尔文学奖。他的小说、诗歌和散文被誉为"丹麦文坛三绝"。他也是丹麦语言的革新大师。

国籍：丹麦

获奖时间：1944 年

获奖作品：《漫长的旅行》

获奖理由："由于借着丰富有力的诗意想象，将胸襟广博的求知心和大胆的、清新的创造性风格结合起来。"

安妮和母牛

在瓦布森举办的定期市集上也有牛市。那儿有个老妇，也牵着一头母牛站在那儿。但她和母牛之间，总保持着一段距离，不知是客气，还是要引起人们的注意。为了怕被阳光照射，她的头巾被拉得很低，遮住了额头。她一直默默地站在那儿编织着袜子。这只袜子快打好了，下面都卷了起来。她的衣服款式看来已很古老了，可是倒很干净的。下面穿着一条手染的蓝裙，还有染锅的那股臭味。腰间系着用褐色丝线编的三角兜肚，在凹入的小腹上打了一个结。头巾都褪色了，褶痕很深，显然收藏许久没用了。木鞋的底也磨损了，但皮面仍抹着鞋油。一双干瘪的老手，勤快地动着四根棒针。灰白的头发上还插着一支多余的棒针。她倾听着市集传来的音乐，一面看看从她面前走过的人潮，和正在交易的牛。四周十分嘈杂喧闹。马市传来马的嘶叫声，码头那儿船只来往，声音嘈杂，还有江湖小贩吆喝打鼓的声音。而她只是默默地站在阳光下，编织着她的袜子。

母牛走来把鼻子挨在她的手肘边，牛肚松垮垮地垂着，脚向外侧张开，正在反刍。这头牛虽然老了，可是毛色仍很光鲜，想来照顾得很妥善，称得上是一条很好的母牛。只有臀部到脊背的地方，瘦得露骨。除了这项缺点，这只母牛可以说是很漂亮的。长着细柔牛毛的乳房，丰满地鼓起。美丽黑白两色的角上，恰如其分地点缀着几条有着环状的花纹。母牛的眼睛湿漉漉的，它在

诺贝尔文学奖得主小小说精选

反刍食物的时候，总是摇摆着下颚。把反刍的满嘴食物，再吞下去。脖子左右摆动，回望着四周。这时又有食物从胃反刍到嘴里时。母牛又摇动脖子，兀自站着，神情似乎十分满足。黏液从母牛的大鼻孔中流了下来，每吐一次气，那声音就像风琴背后的低音一样。这可证明它是一条健康有力的母牛。它就像其他的母牛一样，经历过各种生活，如果比做人的话，该是历经世事了。生了小牛，既不怎么去看顾，也不舔舐小牛，只是忠实地吃着饲草，再流出牛奶来。母牛现在在这儿，就像在任何地方一样，一面熟练地反刍食物，一面用尾巴赶着苍蝇。绑牛的细绳，是很小心地系在牛角上，松软地垂了下来。因此，母牛就不至于在田间乱跑，也不至于独自跑到其他的地方去。

牛的笼头，不但老旧，而且也被磨损成了圆形的。鼻栓也没有了，好在母牛十分温驯，也无此必要。牛绳倒是换了一条新的，平常吃草用的那条牛绳，不但陈旧，还有好几节是连接起来的。安妮婆婆注意到了这点，她希望今天母牛要扮得漂亮些，那条旧牛绳是有碍观瞻的。

这头母牛是很适宜屠宰用的，所以很快就有人走过来，细细端详这头母牛。他用指尖仔细压在牛背的皮肤上。当他在牛身边这么做的时候，母牛只是后退了一点，并未生气。

"老婆婆，这头牛你要卖多少钱啊？"这人把两道锐利的目光，从牛的身上移到安妮的身上。

安妮的手仍忙着织袜子，一面答道：

"这头牛并不是要卖的！"

她像很慎重地结束了谈话，用一只手擦擦鼻子的下方，好像

她正忙，不愿受人打扰。

那人虽然走开了，可是一路走，还禁不住频频回头，目不转睛地看着那头母牛。

接着，又来了一个身材挺拔，胡子剃得清清爽爽的屠夫。他先用藤杖敲牛角，又用他肥大的手，沿着牛的背筋摸下去。

"这头牛要多少钱？"

安妮婆婆斜着眼看着母牛。母牛孩子气地眨着眼，看着眼前的藤杖。接着就别过头，好像在远方发现了什么有趣的东西。

"这头牛不卖的！"

屠夫染着血的风衣下摆，在风中吹着，听了这话就转身走了。没隔多久，又有一个买主来了，安妮婆婆摇摇头。"这头牛是不卖的！"

如此拒绝了好几个买主之后，安妮婆婆的名声也不胫而走。方才要买母牛的人，其中有一个又折了回来，向安妮婆婆提出了十分优厚的条件。这使安妮婆婆有些窘迫不安，不过她还是说不卖就是不卖。

"哦？难道你已经卖给别人了？"

"怎么会！"

"真是这样，可把我搞糊涂了，老婆婆，那么你又为什么站在这儿，显示你的母牛呢？"

安妮虽然低着头，可是仍然一个劲地织着袜子。

"喂！你干吗要和母牛站在这里啊？"这人似被侮辱了。"这可真是你的牛啊？"

当然！这还用问吗？这头牛百分之百是属于安妮的。她把这

头牛从小抚养大。她对这人说，这牛的确是她的。她想她该再说些什么，好让对方息怒。可是对方却没有给她开口的机会。

"你就是要玩弄人才站在这儿的，是吗?"

怎么这么说呢? 安妮悲伤得再也说不下去了。她真慌了，手只有不停地织下去。她不知该把视线落在什么地方才好，她着实很困惑。那个人正气冲冲地逼着她问道:

"是吧? 你是专为侮辱人才到这市集里来是吧?"

这时，安妮放下了手上正在织的袜子，解开拴牛的绳子，准备牵牛回去。她诚挚哀求的眼光，向着那人望去。

"这是头十分孤独的母牛!"她完全能信任眼前这个男人，说出了心底的话。"它现在实在是太孤单了。我和这头牛，住在一户小农家里。谈到牛，就仅有这一头，再也没有别的牛了。我一直过着孤孤单单、离群索居的生活，所以，我就想带它到市集来，也好有其他的牛做伴，我也希望它能快活些。真的，我真的是这么想的。我想我这么做，也不可能为别人惹上麻烦，所以我就决定这么做了。虽然到这儿来了，但不是来卖牛的。就是这样，现在就让我回去了好吧! 抱歉了，再见，谢谢你!"

神学院里的一名学生

在毛尔布朗的修道院里，大约一个半世纪以来，一直住着施瓦本地区的享受奖学金的男孩子，他们将来要被培养成为基督教的神学家，他们学习拉丁语、希伯来语、古希腊语和新约全书的

希腊语。这些男孩子上课用的教室的名字都是美妙动听的，多数是古代的名字，如雅典、斯巴达，其中有一个教室叫赫拉斯。在这间小屋里有两扇间壁墙，把小屋隔成几个小的套间，靠墙放着十几张写字台，学生们在这上面做他们的作业，写作文。写字台上面，放着各类字典和文法书，还放着父母或姐妹们的照片。在桌盖底下，除了笔记本以外，还储藏着朋友和父母的来信、最喜欢读的书、搜集来的矿石以及妈妈每次同换洗衣服包裹一起寄来的吃的东西，如面包、一罐果酱、一根可久存不坏的香肠，一瓶蜂蜜或是一块熏肉。

在一道竖墙的大约中间的地方，挂着一个用玻璃框镶嵌起来的画像，是一个古代理想美女的形象，它是这间名为赫拉斯室的标志。就在放置在这里的书桌旁，大约在1910年前后。有一个叫阿尔弗雷德的男孩站在或坐在置于这个位置的书桌旁，他是一个15岁的少年，一位家居黑森林的教师的儿子。他在偷偷摸摸地写诗，他的德语作文写得很出色，这是人所共知的。这些作文时常被课堂辅导老师当做范文在班上朗读。当然，阿尔弗雷德像某些年轻的诗人一样，在许多方面也表现出他的怪癖的个性和习性，有些令人感到奇特，有些惹人讨厌。早晨起床时，他总是寝室里最末一个离开床的人，他唯一的运动就是阅读。对别人的挑斗，他有时是以尖刻的嘲讽，有时只能以蒙受了凌辱的沉默不语和与外界隔绝来回敬。

在他最喜阅读的、几乎能熟练背诵出来的书籍中，也包括《在轮下》这部长篇小说。这部书虽未被列为禁书，但是，却是权威评价不高的一本书。关于这本书的作者，阿尔弗雷德知道，这

位作者在大约 20 年前也是毛尔布朗神学院的学生，也曾经是这间赫拉斯室的住户。阿尔弗雷德还熟悉这位作家写的诗，并在暗中思虑着能够步他的后尘，也成为一名有名望的、为小市民所嫉妒的作家和诗人。不过，那位撰写《在轮下》的作者，并没有在修道院和这间赫拉斯室待很长时间，在他按照自己的意志而成为一个所谓的职业作家之前，就离开了此地，并经历了艰苦的岁月。现在，尽管阿尔弗雷德还没有迈出这一进入坎坷人生的一步——不管这是出于怯懦，还是为了满足父母的心愿，尽管阿尔弗雷德还继续留在神学院当学生，尽管他也许受上帝之命很可能去学习神学，但是他以长篇小说和诗歌奉献给世人，并对那些今天蔑视他的人以高尚文雅的方式进行报复，这样的一天终会来的。

　　一天下午，正在"沉思默想"的时候，这个青年人将自己的书桌盖子高高地撑起来，在这个珍宝箱里，找寻点什么，书桌里除了家里带来的蜂蜜罐子外，还珍藏着他的诗稿以及其他草稿。他如临梦境，开始去揣摩那许多钢笔或铅笔写的或用小刀刻在桌子上的过去这张桌子的使用者的名字。许多名字都是用"H"这个字母开头的，因为所有教室的学生座位都是按字母顺序排列的，而中间的一些桌子，几十年来都是给姓名以"H"开头的学生使用的。在这些以"H"开头的名字当中有功绩卓著的奥托·哈特曼，也有那位威廉·海克尔，他今天在神学院里担任希腊语和历史教授。当他心不在焉地凝视着这些杂乱无章的前人的名字时，他突然震悚了一下：一个以粗犷的手迹用墨水画在书桌盖的浅色木头上的名字。他认识并且敬仰这个人，他是那个用"H"字母开头的诗人的名字，他把这个诗人视为自己崇拜的偶像和榜样。这就是

说，在这里，在阿尔弗雷德的书桌上，那位了不起的人阅读了自己所崇拜的诗人的作品，写下了自己的抒情处女诗作。在这张课桌上，曾放置过他的拉丁文和希腊文字典、荷马与李维的书籍。他曾在这里伏案工作过，筹划过自己的未来。一天他从这里走出去散步，据传，第二天在他回来时，已成为一个农村猎手的俘虏！这难道不令人感到有点神奇吗？难道这不是一个预兆，一种命运的预卜：你也是一个诗人，并且有自己的特点，难以捉摸的，然而又极为珍贵的个性；你也是负有天命，你有朝一日也将成为青年后继者仰慕的明星，成为他们的楷模。

阿尔弗雷德几乎等不到祈祷课结束。钟声敲响了，这寂静的教室马上就动了起来，传出了嘈杂的喧哗声、嬉笑声、关桌盖的声音。阿尔弗雷德急不可耐地向离他最近的同学点头示意，让他过来，他平时同这个人几乎不打什么交道。当那个孩子没有马上过来时，他就气急败坏地喊道："快点，我要给你看点什么。"那个青年不慌不忙地凑过来，阿尔弗雷德兴奋地给他看他发现的这个人刻在书桌上的名字——这个人曾在 20 年前也在这里待过，并在毛尔布朗神学院里享有非常独特的、引起热烈争论的盛名。

但是，这位同学既不是诗人，也不是空想家，却已习惯于自己课桌邻居的这种荒诞的空想。他不动声色地观看阿尔弗雷德用食指点给他看的那些字母，转过身来以一种带讽刺的同情心的口吻说："啊！这个名字是你自己刻上去的吧？"阿尔弗雷德不由得掉转身去，对这个回敬感到气愤，并且也生自己的气，为什么不能自己保留着这种发现，而恰恰非要告诉这个台奥多尔不可。阿尔弗雷德没有被人理解，他是生活在另一个境界里，是孤独的。

愤恨和失望的情绪，在他身上还持续了很长时间。

　　除此之外，关于阿尔弗雷德在毛尔布朗的活动和烦恼，我们就一无所知了。他的文章和诗句也未能保留下来。不过，我们大体上还是知道他以后的生活历程。他在神学院上完了两个学期，却未能通过图平根修道院的入学考试。他不愿意，但为了博得母亲的欢心，还是去读了神学。此后作为志愿兵参加了第一次世界大战，返回家园时是上士。看来，他从未在教会里供过职，而是改做了商业工作。1933 年，他没有随波逐流，反抗过希特勒一伙，从而遭到逮捕，估计是受尽了凌辱和虐待。因为他在获释之后，就得了神经错乱症，并且立即被送进了一家疯人院。从那里除了1939 年得到一个简短的讣告以外，他的家属再未得到过任何消息。从前神学院的同学中以及他在图平根时的朋友们中，没有一个人同他保持过联系。尽管如此，他还是没有被人遗忘。

　　恰恰是阿尔弗雷德在毛尔布朗神学院的老同学和课桌邻近者台奥多尔，通过一次偶然的机会了解到阿尔弗雷德的一事无成的一生的悲惨经历和可悲的结局。由于阿尔弗雷德所崇拜的诗人和楷模，即《在轮下》的作者还活在人世，而且是可以找到的，于是，台奥多尔产生了一种迫切感，仿佛在这方面还可以做点补偿的事，仿佛这位天资聪明的不幸者对这位诗人的怀念和年轻人的爱戴，必然是以某种方式和在某处还在继续着，没有泯灭。于是，台奥多尔坐下来给那位曾在不易被人记起的时期成了阿尔弗雷德在赫拉斯室书桌旁的典范的 H. H.，写了一封长信，把他的那位可怜的毛尔布朗时期的同学的经历告诉给他。他使这位老人对这个故事产生了极大的兴趣，于是，写下了这篇报道，为的是让人们所了解的关于神学院的学生阿尔弗雷德的情况能流传于世。因为，维护与保存以及抵制易逝性与忘却，也都属于诗人的使命的一部分。

纪　德

安德烈·纪德

安德烈·纪德（1869～1951），生于法国巴黎。他父亲是巴黎大学法学教授，死于 1880 年。纪德在诺曼底孤独地长大，在早期已成为多产作家。

1891 年纪德发表了他的第一部小说《安德鲁·华特手记》。1897 年，他的作品《地粮》出版，这是以第二人称告白体写成的散文诗集。

1923 年，他出版了一本关于陀思妥耶夫斯基的书。当他在《田园牧人》公开发行版中为同性恋辩护时，遭到了广泛的非议，他后来将之看成自己最重要的作品。

1925 年后，他开始为罪犯争取更人道的生存环境。1926 年他发表了自传《如果一粒麦子不死》。

从 1926 年 7 月到 1927 年 5 月，他与侄子在法国近赤道的非洲殖民地旅行。在回法国之前，他又游历了现在的刚果共和国、中非共和国、喀麦隆。他在《刚果之行》和《从查德归来》中描述了旅行经历，他还批评了法国商人在刚果利欲熏心的行为并希望改革。

20 世纪 30 年代，他迅速成为共产主义者，但在访问了前苏联后，他对共产主义的幻想破灭。他对共产主义的批评使他失去了许多社会主义者朋友。

纪德于 1942 年离开法国前往非洲，直到"二战"结束为止一直居住在那儿。1947 年，他获得诺贝尔文学奖。1951 年 2 月 19 日逝世。

国籍：法国

获奖时间：1947 年

获奖作品：《田园交响曲》

获奖理由："为了他广包性的与有艺术质地的著作，在这些著作中，他以无所畏惧的对真理的热爱，并以敏锐的心理学洞察力，呈现了人性的种种问题与处境。"

一件调查的材料

在整理文件的时候，我重又见到一封使我觉得饶有兴味并且

值得保留的信的抄样。我是间或能够收到这样一封出自完全不以写作为业，绝对不想使得任何读者感动，而只凭着真理的直接而又天真的单纯的表现，远远地超出最狡猾的文士的技巧的人的手的信的。现在所说的信是我的妻兄在四年前所写。我的妻兄一直完全离开社会生活着。原是耕种者的他，特别高兴和自己所养的禽兽混在一块；除此以外，他的主要的事业是狩猎。然而，像在下面这小故事里所显现的一样，他并不是没有阅读，没有好尚，没有文学修养的：

……我要一星期才能使得我在前天晚上大怒过的心平静下来。

晚餐后，贞娜和我，一同沿着赛莱河下流河岸散着步。我在一个有着芦苇，并且傍晚时候常常看到一些鸭和鸳鸯的地方，机械地瞧着那涨高起来的河水。突然，我见到水面有一个黑色不动的东西。我仿佛瞧见了一团毛和两颗凝视着我的眼睛。我非常不安地跑下了河岸，于是我看见一只不幸的狮子狗，颈上有一根被一大块石头绊牢着的绳子。狗的头浮在水面，水浸着它的嘴唇，因此它不能号叫，但它的眼睛却在哀求着。

那场面是容易想象出来的：某人，也许因为税额加到了四十法郎的缘故吧，想把他的狗溺死。他以为水很深，便把它抛在离岸两米远的地方；不管他的可怜的小畜生怎样悲鸣，那混账小子算定涨潮会把它淹死，便径自走了。我想走下水，把它捞起来，但贞娜将我拉住了。

因为我刚刚吃过东西的缘故；于是我跑了五百米路，去问一些割草人，看他们愿不愿帮我一个忙，把……（此处看不清楚）的大石头搬开，并用大镰刀的柄把那泡在水里的狗撩起。其中的一个跟我来了。他说我们尽有时间，因为潮水正在退着。我们终于把狗捞起来了。它是那样困，简直站也站不稳了。我身上只有两个法郎的零钱，因此我只得拿了一张十法郎的票子给那高兴透了的割草人。随后，我便用草束揩拭那舐着我的两手的小畜生，并用贞娜的羊毛披风把它包住，跑到家里时。它到处闹着，跳跃着。于是，我把它仔细审察起来。我看出它生下地不过四个月，这是一种退化的硬毛猎犬；可是站起来已经显得太高了——看来又是一只没用的狗。于是我把我的雌犬所吃的热汤的一半倒在一只盆子里，把它带往花园的尽头。它摇着尾巴贪馋地吃着。当它吃到最后两口时，"砰"的一枪把它的脑盖和盆子一同击碎了。我把它埋了。贞娜对我说道："费这么大的力气……"

这是应当的。即使费了这么大的力气。潮水会退走的；它要等一整晚，直到下一次涨潮时才能死去。亏了我，它看到一些人跑来拯救它，爱抚它，而当它十分暖和着，肚子里盛满了一顿很好的晚餐以后，却什么也没料到地被送往冥中了。

可是这事使我那样痛苦，因此我喝了不少的茛莒酒来镇定我的心……

诺贝尔文学奖得主小小说精选

把这个故事念给几个朋友听了以后，我颇为诧异地见到它引起种种非常不同的反感——由热烈的赞扬（"啊！怎样勇敢的人啊！他这番举动多好啊！"）到简单地耸一耸肩（"他见了什么鬼要这样做？这是一个疯子！他应当立刻把那狗弄死，或是在救了它以后把它收留起来。"）。这后一个反感，人们可以在这故事里面看到，这就是我的妻兄对女人的反感。

我想到把这小故事寄给苏联学校里的孩子们该是有趣的事情。我特别想要懂得他们对这问题的反感，我觉得他们的反感会使人有所得的。只要我发现有可能时，我愿意在法国的学校里做着同样的试验。我以为在苏联要使这故事在学校里诵读起来，并由教师对孩子们提出问题，并不是不可能的事。这类问题举例如下："你对于 X 对于狗的行为作何感想？你以为他这样做是对的呢还是不对？你怎样解释他的行为呢？"最要紧的是，不用说，教师不要把他个人的反感和他自己的判断方法给小孩们知道；他得让他们全然自由地表现他们的反感，而绝不要干涉或想法子左右他们的判断。然而唯一必须告诉他们的事情是：我的妻兄是一个"收养家"，因此也可以说因着"职业的变态"，他非常注重对象的特殊品质。这得补上一句的是：他的家境极不宽裕，他不能担任养育更多的家畜。

我以为如果这些小孩们的答案是用纸写出来的话，那么把其中最重要、最有意义的拿来发表，并不是没有益处的事。我个人是极想看到那些答案，并想知道大多数的答案是从哪方面断定的。有过这番工作之后，也许同样的儿童的调查可以在别的国家照样举行。

我知道发表这故事时，也要受到我的妻兄的猛烈的非难，可是这是他和我两人间的事。

福克纳

威廉·卡斯伯特·福克纳
（1897～1962），美国密西西比州的
小说家，20世纪最有影响力的作家
之一，他以长篇和中短篇小说见长，
然而他同时也是一名诗人和编剧家。

福克纳出生于密西西比州的新
奥尔巴尼，从小深受密西西比河畔
的影响，在气息浓厚的美国南方长
大。当他四岁的时候，他的全家搬

威廉·卡斯伯特·福克纳

到了牛津镇的附近，并且在那里度过了他的后半生。福克纳深受
家庭传统和南方风土人情的影响。他的作品中有南方人特有的幽
默感，深入刻画黑人与白人的地位、相处、矛盾等敏感问题，生
动描绘出惟妙惟肖的南方人形象。

他最著名的作品有《喧哗与骚动》、《我弥留之际》、《八月之
光》、《不败者》、《押沙龙，押沙龙！》等。他凭《寓言》获得过

普利策奖；在他去世后凭《故事选集》获得国家图书奖。

福克纳也是一位出色的推理小说作家，出版过一系列的犯罪小说。后来他在好莱坞开始了编剧的生涯，为《夜长梦多》和海明威的《犹有似无》改编过电影剧本。

1949年他捐献了自己获得的诺贝尔文学奖奖金，要"成立一个基金以支持鼓励文学新人"，最后建立了"国际笔会/福克纳小说奖"。

福克纳从1957年起担任弗吉尼亚大学的驻校作家，直到1962年去世。

国籍：美国

获奖时间：1949年

获奖作品：《我弥留之际》

获奖理由："因为他对当代美国小说作出了强有力的和艺术上无与伦比的贡献。"

等待的一天

他走进屋子来关窗户的时候，我们都还躺在床上，我看到他显露出病态。他在战栗，脸色发白，走动很慢，仿佛一动就会疼

痛似的。

"莎茨，你怎么了？"

"我头痛。"

"你还是躺到床上去吧。"

"不，我没事儿。"

"回到床上去。我穿好衣服就来看你。"

可是，当我来到楼下时，他还是穿着衣服，坐在火炉旁。这个九岁的小男孩，看上去病得十分可怜。我用手摸摸他的前额，才知道他在发烧。

"上床去吧，"我说，"你病了。"

"我挺好的。"他说。

医生来了之后，给孩子试了体温。

"多少度？"

"一百零二华氏度。"

到了楼下，大夫留下三种不同颜色的药片，还有服用说明书。一种药是退烧的，第二种是泻剂，第三种是克服体内酸性状态用的。他解释说，流感细菌只能生存于酸性状态之中。关于流感，他似乎什么都知道。他说，如果热度不超过一百零四华氏度，就用不着着急。有一点流感，只要不引起肺炎，就没有什么危险。

回到屋子我记下孩子的温度，并写下一个吃各种药的时间表。

"让我给你读点什么好吗？"

"好吧，如果您想读的话。"孩子说。他的脸色十分苍白，眼睛下面有黑晕。他安安静静地躺在床上，对于眼前发生的一切似乎很超然。

我朗读霍华德·派尔著的《海盗列传》中的一段，然而我看得出他根本没听。

"你感觉怎样，莎茨?"我问他。

"到现在为止，还没什么变化。"

我坐在床脚旁，读给自己听，等待着再给他服一次药。他要是能睡着了，那是很自然的事。然而当我抬起头时，发现他两眼直瞪瞪地望着床脚，样子有些怪。

"你为什么不想睡一会儿呢? 到吃药的时候我会叫醒你的。"

"我愿意醒着待着。"

过了一会儿，他对我说："如果您觉得挺麻烦的话，爸爸，您不必留在这里陪我。"

"没什么麻烦的。"

"不，我是说，如果这件事将使你不安的话，您就不必留在这里。"

我想他或许是有点迷糊了，在 11 点钟给他服了规定要吃的药之后，我就出去了一会儿。

那是明朗而寒冷的一天，地上的雪水都已结了冰，似乎那光秃秃的树林，那灌木丛，那采伐过的森林地带，以及所有的草地和没长草的地面都用冰漆过一般。我带着爱尔兰种的长毛猎狗出来遛遛。我们上了路，沿着冰冻的山河走着。在玻璃似的地面上站着或行走，都是很困难的。那只棕色的狗一会儿滑倒了，一会儿在地上滑行。我也摔倒了两次，摔得很重。有一次我的枪也脱了手，在冰面上滑出去很远。

高高的黏土河岸上蔓延着倒垂下来的灌木丛，我们从那下面

撵起一群鹌鹑。当它们飞过河岸顶部即将消失的时候，我射中了两只。其余的有几只落到了树间，大部分却都散进了灌木丛里。需要跳上那长着灌木丛的、冰封的土墩好几次，才能把它们撵出来。由于它们是当你正站在溜滑、颤动的灌木丛上，很不稳定地保持着平衡的时候飞出来的，所以很难射中。我射中了两只，逃掉了五只，我返回了。我很高兴能在房子附近发现一群鹌鹑，等我哪天有空时再去射。

回到家，家里人告诉我说，孩子不让任何人进他的屋子。

"你们不能过来，"他说，"你们千万不能传染上我的病。"

我走近他，发现他仍是我离开时的那个姿势，脸色苍白，然而两颊却烧得发红，仍旧像原来那样，静静地呆望着床脚。

我给他试了体温。

"多少度？"

"大约一百度。"我说。他的体温是一百零二度四。

"是一百零二华氏度。"他说。

"谁说的？"

"大夫。"

"你的体温正常，"我说，"不必着急。"

"我不着急，"他说，"只是我不能不想。"

"不必想，"我说，"别着急，慢慢来。"

"我没着急。"他说，眼睛直视前方。他显然是为了什么事在极力控制着自己。

"喝点水把这个吃下去。"

"您认为这有什么用处吗？"

"当然有用。"

我坐下来，打开《海盗列传》，读了起来。但是我发现他并没有听，就停了下来。

"您认为大约什么时候我就要死了？"他问道。

"什么？"

"还有多长时间我就得死？"

"你不会死的。——你怎么了？"

"啊，不，我会死的。我听到他说一百零二华氏度了。"

"一百零二华氏度的体温是不会死人的。你这是说傻话呢！"

"我已经烧到一百零二华氏度了。"

原来从早晨9点钟开始，整整一天他都在一直等死！

"你呀，可怜的小莎茨！"我说，"那是两种不同的温度计，就像英里和公里似的。你不会死的。用那种温度计量，正常体温是三十七摄氏度；用这种温度计，是九十八华氏度。"

"真的吗？"

"绝对没错，"我说，"这就像英里和公里一样。你知道吗？就好像我们开车一小时走七十英里等于多少公里一样。"

"噢！"他不禁喊道。

他那凝视着床脚的目光慢慢松弛，他的紧张状态终于缓和了。到第二天就完全舒缓下来了，然而，为一点毫不重要的小事，他会很容易地哭起来。

插　曲

　　每天中午他们都从这里路过。他穿着一套刷净的西装，戴一顶灰色的帽子，从不扣上衣领，也不扎领带。她穿一件雅致的棉织花布上衣，戴一顶阔边太阳帽。我坐在密西西比州我自己的在小山中那所粗糙简陋的小别墅前，或在木头门廊上摇摇晃晃时，见过他们好多次。

　　他们都至少有60岁了。他是位盲人，步履蹒跚无力。她每天带他到那座大教堂去乞讨，像平稳的水流一样说着话，用她那多节的手做着手势。日落时她又带他回来，把他带回家。直到斯普拉特林从阳台上对她打招呼，我才看到了她的脸。她左顾右盼，然后又向后面看看，没有发现我们。听到斯普拉特林第二次叫她时，她才仰起头向上看。

　　她的脸是褐色的，永远美丽得像个妖魔。她没有牙齿：鼻子和下巴之间可以相互一览无余。

　　"你很忙吗?"他问道。

　　"你有事?"她欢快地答道。

　　"我想给你写生。"

　　她没听懂，热切地看着他的脸。

　　"我想给你画一幅像。"他解释道。

　　"跟我来。"她立刻笑着对和她在一起的那个男人说道。他顺从而艰难地想在院子围栏那狭窄的混凝土地基上坐下，却重重地

摔倒在地上。一位过路人帮她扶他站了起来。我找了一支铅笔，就兴奋地离开了斯普拉特林，去为他找一把椅子。我看到她实际上正在哆嗦——不是因为年老，而是因为愉快的虚荣。

"艾绥斯·乔。"她命令道，他坐下了，他那无视力的脸上充满了只有盲人才了解的那种冷淡的上帝般的平静。斯普拉特林带着他写生的本子来了。她坐在已就座的那个男人旁边，把手放在他肩上。人们立刻明白他们要拍在结婚纪念日上拍的那种照片。

她又是一位新娘子了，倚仗着只有死神才能剥夺我们的优秀神话的魔力，她又一次穿上了丝织衣服（或者类似的东西），戴上了首饰、花冠和面罩，或许还有一束鲜花。她又是一位新娘子了，年轻而且美丽，她那颤抖的手放在年轻的乔的肩上。她身旁的乔又一次成为震撼她那充满恐怖、崇拜和虚荣的心灵的某种东西——有点令人害怕的东西了。

一位偶然路过的人觉察到了这一点，停下来看着他们。就是看不见的乔，通过在他肩上的她的手也感到了这一点。她的梦想使他变得年轻而且骄傲了。他也设想着在1880年那时候的男子和他的新娘拍照时的固定可行的姿势。

"不，不，"斯普拉特林告诉她，"不要那样。"她的脸色阴沉了下来。"转向他，看着他。"他赶紧补充道。

她服从了，但仍然面对着我们。

"把头也转过去，看着他。"

"但那样你就不能看到我的脸了。"她抗议了。

"不，我能。还有，我将马上画你的脸。"

她微笑着妥协了，脸上皱起数万条皱纹，像一幅蚀刻画，她

占了他想要的位置。

她立刻变得像个母亲似的。她再也不是新娘了。她结婚的时间足够长了，完全明白乔既不是很可爱也不是很可敬畏的什么东西。而且正相反，他是可轻视的东西。他毕竟只是一个容易犯错误的大孩子。（你知道她到现在为止已经生过孩子——可能丢失了。）但他是她的，另外的世界或许是那么坏，所以她要使它变得最好，记住那些日子。

乔又一次通过放在他肩上的她的手领会到了她的心境，他再也不是那超众的男子了。他也记得他来到她跟前寻求安慰，带给她新的梦想的那些日子。他的高傲从他身上消失了。在她的抚摸下静静地坐在那儿，孤立无援，也不需要帮助，处在黑暗中，而且平静得像个已看到了生与死，发现了他们两者之间没有什么重要区别的上帝。

斯普拉特林画完了。

"现在该画脸了。"她很快地提醒他。眼下在她的脸上出现了某种东西，那东西不是她的脸。那上面恰好带有一种模棱两可的、不可思议的姿态。她正在摆好姿势吗？我疑惑地看着她。她正面对着斯普拉特林，但我相信她的眼睛既没看他，也没看他后面的墙。她的眼睛在沉思，而且是她自己的沉思——就好像有人在一个偶像的耳朵边低声说着一个庄重异常的笑话。

斯普拉特林画完了。她的脸变成了一位60岁妇女的脸，就像一个妖魔一样没有牙齿，兴高采烈的。她过来看那幅画，把它拿在手里。

"带钱了吗？"斯普拉特林问我。

我有 15 美分。她没加评论地把画还了回来，拿走了那些硬币。

"谢谢你。"她说。她拍了拍她丈夫，他站了起来。"谢谢你搬来了椅子。"她朝我点点头，并且笑了笑。我看着他们慢慢地沿着小巷走了，真想知道我在她的脸上看到了什么——或者说我看到的一切。我转向斯普拉特林。"我们看看这幅画吧。"

他正紧盯着那幅画。"喂。"他说道。我看着画，接着我清楚了在她脸上我所看到的东西。整个脸蛋画得确实同蒙娜丽莎的表情一样。

啊！女人仅仅拥有一个永恒的年龄！而且那不是年龄。

海明威

欧内斯特·米勒·海明威（1899～1961），美国记者和作家，被认为是20世纪最著名的小说家之一。海明威出生于美国伊利诺伊州芝加哥市郊区的奥克帕克，晚年在爱达荷州凯彻姆的家中自杀身亡。海明威一生中的感情错综复杂，先后结过四次婚，是美国"迷失的一代"中的代表人物，作品中对人生、世界、社会都表现出了迷茫和彷徨。

1939～1960年，海明威在古巴定居，并称自己为"普通的古巴人"。在这段期间海明威写下了闻名于世的代表作《老人与海》。古巴革命成功以后，海明威曾与古巴革命的领导人菲德尔·卡斯

欧内斯特·米勒·海明威

特罗会面。

在海明威一生之中曾荣获不少奖项。他在第一次世界大战期间被授予银制勇敢勋章；1953 年，他以《老人与海》一书获得普立兹奖；1954 年，《老人与海》又为海明威夺得诺贝尔文学奖。2001 年，海明威的《太阳照样升起》与《永别了，武器》两部作品被美国现代图书馆列入"20 世纪中的 100 部最佳英文小说"中。

海明威的写作风格以简洁著称，对美国文学及 20 世纪文学的发展有极深远的影响，他的很多作品至今仍极具权威。

国籍：美国

获奖时间：1954 年

获奖作品：《老人与海》

获奖理由："因为他精通于叙事艺术，突出地表现在其近著《老人与海》之中；同时也因为他对当代文体风格之影响。"

桥头的老人

一位老人戴着钢边眼镜，衣服上满是灰尘，坐在路旁。河上

有座浮桥，又是大车，又是载重汽车，以及男人、女人和孩子正从桥上走过。骡拉的大车蹒跚地从桥头往陡峭的河岸上爬，士兵们帮着推车轱辘。载重汽车迂回着超过了所有的这一切。而农民们还在没脚的尘土中行走着。但是这位老人却坐在那儿动也不动。他实在是太疲倦了，不能往前走了。

我的任务是穿过桥到河对岸，侦察敌军已推进到了什么地方。任务完成后我又回到桥这边来。现在桥上只有不多的几辆大车和少数步行的人了，可是这位老人还是坐在那儿。

"你从哪儿来的?"我问他。

"从圣·卡罗斯来。"他一面说，一面露出微笑。

那儿是他的故乡，所以一提起就使他快活，他笑了。

"我是照看家畜的。"他解释说。

"哦。"我说，我并没有完全听明白。

"是啊，"他说，"我留下来照看家畜。我是最后一个离开圣·卡罗斯的人。"

他看起来不像一个牧羊人，也不像一个看牲口的，我看了看他那满是灰尘的黑衣服和他那张风尘仆仆的灰脸，以及他的钢边眼镜，我说："一批什么家畜?"

"各种各样的家畜，"他说，摇摇他的头。"我不得不离开它们。"

我注视着桥，和那块像非洲土地似的哀勃罗河三角洲，估摸着还有多久能看到敌人，而且静候着那神秘莫测的遭遇战开始时的喧闹，而这位老人还是坐在那儿。

"一批什么家畜?"我问。

"一共三只，"他解释说，"两头山羊和一只猫，此外还有四对鸽子。"

"你一定得离开它们吗?"我问。

"对。就是因为炮火。队长叫我走开，就是为了炮火。"

"你没有家吗?"我问，望着桥头远处，那儿有最后几辆大车从河岸的斜坡上冲下来。

"没有，"他说，"我只有说的那些家畜。猫当然没有问题。猫是会照顾自己的，但是我不能想象别的家畜会成个什么样子。"

"你是什么政党的?"我问。

"我没有什么政党，"他说，"我活了七十六岁。如今我已经走了十二公里了，我现在再也不能往远走了。"

"这儿可不是停下来的好地方，"我说，"要是你能走，到陶杜沙的岔路上，有载重汽车。"

"我要等一会儿，"他说，"过后我再走。这些载重汽车是到什么地方去的?"

"到巴塞罗纳的。"我告诉他。

"那儿我没有熟人，"他说，"但是我十分感谢你。再次谢谢你。"

他望着我茫然而又疲乏，为了向他人分散自己的忧虑，于是他说："那只猫是没问题的，我敢肯定。对于猫没有担心的必要。可是别的，现在你想它们会怎么样?"

"啊，它们也许会平安度过的。"

"你这样想吗?"

"是啊!"我说，注视着远远的河岸，那里现在已经没有大

诺贝尔文学奖得主小小说精选

车了。

"可是在炮火下面它们会干什么呢？我是因为炮火才叫离开的。"

"你没有锁上鸽棚的门吗？"我问。

"是的。"

"那它们会飞的。"

"是呀，它们一定会飞的。可是另外的那些，最好不要想那些另外的。"他说。

"要是你休息好了我要走了，"我催促着，"站起来走走看。"

"谢谢你。"他说着。便站起来，身体左右摇晃着，接着又往后面尘土中坐了下去。

"我是照看家畜的，"他无精打采地说着，但不再是对着我了。"我只是照看家畜的。"

对于他已经没有什么事儿可做了。这天是复活节的礼拜天，而法西斯分子正向哀勃罗推进着。这是个漫天灰色的日子，云层很低，所以他们的飞机无法起飞。这点以及猫懂得照顾自己，就是这位老人所能有的好运气了。

雨里的猫

旅馆里，留宿的美国客人，只有两个。他们打房间里出出进进，经过楼梯时，一路上，对任何人都不招呼。他们的房间就在面向海的二楼。房间还面对一个公园和战争纪念碑。公园里有大

棕榈树，绿色的长椅。天气好的时候，常常可以看到一个带着画架的艺术家。艺术家们都喜欢棕榈树那种长势，喜欢面对着公园和海的旅馆的那种鲜艳的色彩。意大利人老远赶来望着战争纪念碑。纪念碑是用青铜铸成的，在雨里闪闪发光。天正在下雨，雨水打棕榈树上滴下来。石子路上有一潭潭的积水。海水夹着雨滚滚地冲了过来，又顺着海滩滑回去，再过一会儿，又夹着雨滚滚地冲过来。停在战争纪念碑旁边广场上的汽车都开走了。广场对面，一个侍者站在餐馆门口望着空荡荡的广场。

那个美国太太站在窗边眺望。在外边，就在他们的窗子底下，一只猫蜷缩在一张雨水淌滴的绿色桌子下面。那只猫拼命要把身子缩紧，不让身子滴着雨水。

"我要下去捉那只小猫。"美国太太说。

"我去捉。"她丈夫从床上说。

"不，我去捉。外边那只可怜的小猫想躲在桌子底下，不让淋湿。"

做丈夫的继续在看书，他枕着垫得高高的两只枕头，躺在床脚那儿。"别淋湿了。"他说。太太下楼去，她走过办公室时，旅馆主人站了起来，向她哈哈腰。主人的写字台就在办公室那一头。他是个老头儿，个子很高。

"下雨啦。"太太说。她喜欢这个旅馆老板。

"是，是，太太，坏天气。天气很不好。"

他站在昏暗的房间那一头的写字台后面。这个太太喜欢他。她喜欢他听到任何怨言时那种非常认真的态度，她喜欢他那庄严的态度，她喜欢他愿意为她效劳的态度，她喜欢他那觉得自己是

个旅馆老板的态度，她喜欢他那张上了年纪而迟钝的脸和那一双大手。

她一面觉得喜欢他，一面打开了门，向外张望。雨下得更大了。有个披着橡皮披肩的人正穿过空荡荡的广场，向餐馆走去。那只猫大概就在这附近。也许她可以沿着屋檐底下走去。正当她站在门口时，在她背后一顶伞张开来。原来是那个照料他们房间的侍女。

"一定不能让你淋湿。"她面带笑容，操意大利语说。自然是那个旅馆老板差她来的。

她由侍女撑着伞遮住她，沿着石子路走到她们的窗底下。桌子就在那儿，在雨里给淋成鲜绿色，可是，那只猫不见了，她突然感到大失所望。那个侍女抬头望着她。

"您丢了什么东西啦，太太？"

"有一只猫。"年轻的美国太太说。

"猫？"

"是，猫。"

"猫？"侍女哈哈一笑。"在雨里的一只猫？"

"是呀，"她说，"在这桌子底下。"接着，"啊，我多么想要它。我要那只小猫。"

她说英语的时候，侍女的脸顿时绷紧起来。

"来，太太，"她说，"我们必须回到里面去，你要淋湿了。"

"我想是这样。"年轻的美国太太说。

她们沿着石路走回去，进了门。侍女待在外面，把伞收拢。美国太太经过办公室时，老板在写字台那边向她哈哈腰。太太心

里感到有点儿无聊和尴尬。这个老板使她觉得自己十分无聊，同时又确实很了不起。她刹那间觉得自己极其了不起。她登上楼梯。她打开房门。乔治在床上看书。

"猫捉到啦?"他放下书本，问道。

"跑啦。"

"会跑到哪里去?"他说。不看书了，好休息一下眼睛。

她在床上坐下。

"我多么想要那只猫，"她说，"我不知道我干吗那么想要那只猫。我要那只可怜的小猫。做一只待在雨里的可怜的小猫，可不是什么有趣的事儿。"

乔治又在看书了。

她走过去，坐在梳妆台镜子前，拿着手镜照照自己。她端详一下自己的侧影，先看看这一边，又看看另一边。接着，她又端详一下后脑勺和脖子。

"要是我把头发留起来，你不认为这是个好主意吗?"她问道，又看看自己的侧影。

乔治抬起头来，看她的颈窝，像个男孩子那样，头发剪得很短。

"我喜欢这样子。"

"我可对它很厌腻了，"她说，"样子像个男孩子，叫我很厌腻了。"

乔治在床上换个姿势。打从她开始说话到如今，他眼睛一直没有离开过她。

"你真漂亮极了。"他说。

诺贝尔文学奖得主小小说精选

她把镜子放在梳妆台上，走到窗边，向外张望。天逐渐见黑了。

"我要把我的头发往后扎得又紧又光滑，在后脑勺扎个大结儿，可以让你摸摸，"她说，"我真要有一只小猫来坐在我膝头上，我一抚摩它，它就喵喵叫起来。"

"是吗?"乔治在床上说。

"我还要用自己的银器来吃饭，我要点上蜡烛。我还要现在是春天，我要对着镜子梳头，我要一只小猫，我要几件新衣服。"

"啊，住口，找点东西来看看吧。"乔治说。他又在看书了。

他妻子往窗外望。这会儿，天很黑了，雨仍在打着棕榈树。

"总之，我要一只猫，"她说，"我要一只猫，我现在就要一只猫。要是我不能有长头发，也不能有任何有趣的东西，我总可以有只猫吧。"

乔治不再听她说话。他在看书。他妻子望着窗外，广场上已经亮灯了。

有人在敲门。

"请进。"乔治说。他从书本上抬起眼来。

那个侍女站在门口，她紧抱着一只大玳瑁猫，小心地放了下来。

"对不起，"她说，"老板要我把这只猫送来给太太。"

三声枪响

尼克正在营帐里脱衣服。他看见他父亲和乔治叔叔的身影衬着火光投在帐篷的帆布上。他觉得非常不安，感到羞耻，快快地脱了衣服，整整齐齐叠放在一边。他感到羞耻，是因为他边脱衣服边想起前一天晚上的事情。今天一整天他不去想这件事。

前一天晚上，他父亲和叔叔吃完晚饭拎着手提灯到湖上去打鱼。他们把船推到水里之前，父亲同他说，他们走了之后，如果发生什么紧急情况，他可以打三下枪，他们就会回来的。尼克从湖边穿过林子回到营地。他听得见黑夜中船上划桨的声音。他父亲在划桨，他叔叔在船尾唱歌。他父亲将船推出去的时候，叔叔已经拿着钓竿坐定在那里了。尼克听他们往湖上划去，后来听不见桨声了。

尼克穿过林子回来的时候害怕起来。他在黑夜总有点怕森林。他打开营帐的吊门，脱掉衣服，静静地躺在毯子里。外面的篝火已经烧成一堆炭了。尼克静静躺着，想入睡。四下里没有一点声音。尼克觉得，他只要听见一只狐狸、一只猫头鹰或者别的动物的叫声，他就没事了。只要拿准是什么声音，他就不害怕。可现在他非常害怕。突然之间，他害怕自己死掉。几个星期之前，在家乡的教堂里，他们唱过一支圣歌："银线迟早会断。"他们在唱的时候，尼克明白他迟早是要死的。想到他自己总有死的一天，在他这是头一次。

那天夜里，他坐在客厅里借灯读《鲁滨孙漂流记》，免得去想银线迟早会断这件事。保姆看见了，说他如果不去睡觉，要去告诉他父亲。他进去睡了，可一等保姆回到自己屋里。又来到客厅看书，一直看到早晨。

昨天夜里他在营帐里感觉到的害怕同那天是一样的。他只有夜里才有这种感觉。开始不是害怕，而是一种领悟。可它总是挨着害怕的边儿，只要开了头，它马上变成害怕。等到真正害怕的时候，他拿起枪，把枪口伸出营帐，放了三下。枪反冲得厉害。他听见子弹穿过树干、树干割裂的声音。他放完枪就放心了。

他躺下等父亲回来，没等他父亲和叔叔在湖那一头灭掉手提灯，他已经睡着了。

"该死的小鬼，"乔治叔叔往回划的时候骂道，"你跟他怎么说的，叫我们回去干什么？说不定他是害怕什么东西。"

乔治叔叔是个打鱼迷，是他父亲的弟弟。

"啊，是啊，他还小。"他父亲说。

"根本不该让他跟我们到林子里来。"

"我知道他很胆小，"他父亲说，"不过我们在他那个年龄都胆小。"

"我受不了他，"乔治说，"他这么会撒谎。"

"好了，算了吧。反正鱼够你打的。"

他们走进帐篷，乔治叔叔用手电筒照尼克的眼睛。

"怎么啦，尼克？"他父亲问。尼克从床上坐起来。

"这声音介乎狐狸和狼之间，在帐篷外面打转，"尼克说，"有点像狐狸，更像狼。""介乎……之间"这个词是当天从他叔叔嘴

里学来的。

"他可能听到猫头鹰尖叫。"乔治叔叔说。

早晨，他父亲发现有两大棵树交错在一起，有风就会互相碰撞。

"你听是不是这声音，尼克?"父亲问。

"也许是。"尼克说。他不想去想这件事。

"以后到林子里来不用害怕，尼克。不会有什么东西伤害你的。"

"打雷也不用怕?"尼克问。

"不用怕，打雷也不用怕。碰到大雷雨，你就到空地上去或者躲在毛榉树底下。雷绝对打不到你。"

"绝对?"尼克问。

"我从未听说打死过人。"他父亲说。

"哈，毛榉树管用，太好了。"尼克说。

眼下他又在营帐里脱衣服。他注意到墙上两个人的影子，但是他不去看他们。接着他听见船拖到岸边，两个人影不见了。他听见他父亲同什么人在说话。

接着他父亲叫道："穿衣服，尼克。"

他快快地穿上衣服。他父亲进来，在露营袋里摸索。

"穿上大衣，尼克。"他父亲说。

史坦贝克

约翰·史坦贝克

约翰·史坦贝克（1902～1968），20世纪美国作家，是20世纪美国最著名的作家之一。史坦贝克出生于加州沙林纳斯，1962年以作品《人鼠之间》获诺贝尔文学奖，1939年以《愤怒的葡萄》获普利兹奖。

史坦贝克的作品多描写大萧条时期的平民阶级及移民工人的生活，他的作品里经常出现在生活中挣扎的人物，被认为是受了自然主义文学的影响。他的故事和人物都是来自20世纪上半叶时真正存在的历史环境和事件。他的小说反映了他广泛的兴趣，比如海洋生物学、爵士乐、政治、哲学、历史和神话。

他的 17 部作品，包括《人鼠之间》（1937 年）、《珍珠》（1947 年）、《伊甸园东》（1955 年）等都曾被好莱坞搬上银幕，而史坦贝克自己写的剧本也有相当的好评，他给阿尔弗雷德·希区柯克的电影《救生艇》写的剧本曾经在 1945 年得到奥斯卡金像奖最佳剧本奖的提名。

很多人认为他是一个地方主义者、自然主义者、神秘主义者，也是无产阶级作家。他也因为同情当时的移民工人而得到广泛的尊敬。

国籍：美国

获奖时间：1962 年

获奖作品：《人鼠之间》

获奖理由："通过现实主义的、寓于想象的创作，表现出富于同情的幽默和对社会的敏感观察。"

开 小 差

斯莱戈和他的朋友没精打采地消磨着他们四十八小时的假期。阿尔及利亚的酒吧间八点钟打烊，可他们在打烊前就喝得有几分醉意了。他们带了一瓶酒，来到海滩上躺下。夜晚的气候温暖宜

人，两个人喝完了第二瓶酒后，就脱去衣服，蹦入平静的海水，蹲下身子，坐进水里，仅留脑袋露在水面。"哎，老弟，真够美气的。"斯莱戈说，"有些家伙花了很多钱来这里，就是为了这玩意，可我们没花一个子儿就来这里了。"

"我倒宁愿待在十号街自己家中。"朋友说，"我情愿在那儿而不愿在其他任何地方。我要看到我老婆，我要看到今年美国的棒球联赛。"

"你可能还要一记耳光。"斯莱戈说。

"我要到希腊人开的饮食店里去，喝上一杯双料的巧克力，里面含有麦精和六个鸡蛋。"朋友边说边稍微浮起身子，以免海水灌进嘴里，"这地方太叫人闷得慌，我喜欢科尼。"

"那儿净是游人。"斯莱戈接着说。

"这地方太叫人闷得慌了。"朋友又重复了一遍。

"谈起棒球联赛，我倒真想去打它一场。"斯莱戈说，"现在一个人总禁不住想要开小差逃跑。"

"就算你跑掉了，但你究竟跑到哪个地方去呢？无处可去呀！"

"我要回家，"斯莱戈说，"我要观看棒球联赛，我要第一个来到看台上，就像1940年那样。"

"你不可能回家。"朋友说，"没有法子回家。"

刚喝下肚的酒给斯莱戈带来阵阵暖气，温和的海水使他十分惬意。"我有钱，我能回去。"他脱口冒了一句。

"多少钱？"

"二十块。"

"你不会有钱的。"朋友说。

"你要打赌？"

"打赌就打赌，你什么时候给钱？"

"我才不会给钱哩，是你给钱。让我们上岸抓紧时间打个盹儿吧……"

码头上停泊着几条船，这些船运来了登陆艇、坦克和部队，此刻，这些船在码头上装运废钢烂铁，还有从北非战场上运来的损坏的军事装备，这些东西将送到高炉中熔炼，制造更多的坦克和登陆艇。斯莱戈和他的朋友坐在一堆木条箱上，看着这些船。这时，从高地上下来了一支分遣队，他们押着一百名要装上船运到纽约去的意大利俘虏。一些俘虏衣衫褴褛，有的衣服太破，而且破的不是地方。他们穿着美式卡其军服。所有俘虏看上去没有人对去美国而愁眉苦脸。他们来到跳板跟前站住了，等候着上船的命令。

"看他们，"朋友说，"他们要去美国而我们却要待在国外。你在干什么，斯莱戈？为什么你把油一个劲地往裤子上擦呢？"

"二十块，"斯莱戈说，"我还会找到你要钱的。"他站起来，扯下头上外国产的帽子，扔给他的朋友。"老弟，就送给你吧。"

"你要干什么，斯莱戈？"

"不要跟着我，你这个笨蛋。二十块，不要忘了。再会，在十号街再跟你见面。"

朋友看着他向前走去，迷惑不解。斯莱戈穿着油污的裤子和撕破的衬衫向前走着，离俘虏越来越近。趁人们未注意时，他突然挤进俘虏中，然后光着头站在那儿，掉头看着他的朋友。

上船的命令传下来了，分遣队的士兵们押着俘虏上了跳板。

诺贝尔文学奖得主小小说精选

斯莱戈发出哀怨的声音："我不该在这儿，哎，你们不要把我带到船上。"话中夹杂着一些意大利的口音。

"住嘴，劣种。"一个士兵对他咆哮着，"我不在乎你是不是在布鲁克林住了十六年。上跳板！"他把假装不愿走的斯莱戈推上了跳板。

朋友在那堆木条箱上羡慕地看着。他看到斯莱戈走到船的栏杆前，他看到斯莱戈还在申辩，挣扎着要回到码头上，他听到他尖叫着。"哎，我是美国人，美国士兵，你们不能把我带到船上。"话中又夹杂着一些意大利的口音。

朋友看到斯莱戈还在挣扎，接着看到他大功告成。斯莱戈先打了一个士兵一拳，那挨打的士兵举起军棍，照着斯莱戈的脑袋砸下，斯莱戈倒在船上，然后，被抬走了。

"这个狗娘养的，"朋友独自咕哝着，"这个狗娘养的真有一手，他们不会一点儿不想法救他的，这事发生时还有其他人在场。唷，天啊，这个狗娘养的牵挂着那二十块钱哩。"

斯莱戈的朋友坐在木箱上好长时间，直到船解缆，拖船把它拖离开反潜网，他才离开那地方。他看到那条船编进船队，又看到几艘驱逐舰驶到附近，为船队护航。他沮丧地跑到城里，买了一瓶阿尔及利亚酒，转身向海滩走去。他要以睡眠来打发这四十八小时的假期。

早　餐

　　我每想起这件事心中总有一种愉快、满足之感。说来也怪，连最小的细节至今仍历历在目。我曾多次追忆这件事，而每次都能在记忆中的朦胧处想起一个新细节，这时，那种美妙温馨的快感就油然而生。

　　那是凌晨时分，东边的山峦仍是一片蓝黑色，但山背后却已晨曦微露，一抹淡淡的红色渲染着山峦的边缘处。当这缕红色的光往高空移升时，它的色泽越变越冷、越淡、越暗。当它接近西边天际时，就逐渐和漆黑的夜空融为一体了。

　　天很冷，虽然算不得刺骨严寒但也冻得我拱背缩肩，拖曳着双足，把两手搓热后插进裤兜里。我置身其中的这座山谷，泥土现在呈拂晓时特有的灰紫色。我沿着一条乡间土路往前走，突然看见前方有一座颜色比泥土略淡的帐篷。帐篷旁，橘红色的火苗在一只生锈的小铁炉的缝隙中闪烁。短而粗的烟筒喷出一股灰色的浓烟，烟柱向上直直升起，过了好一会才在空中飘散。

　　我看见火炉旁有位青年妇女，不，是位姑娘。她身穿一件褪色的布衣裙，外面罩着一件背心。我走近后才发现她那只弯曲着的胳膊正搂抱着一个婴儿，婴儿的头暖暖和和地包在背心里面，小嘴正在吮奶，这位母亲不停地转来转去，一会儿掀开长锈的炉盖以加强通风，一会儿拉开烤箱上的门，而那个婴儿一直在吮奶。婴儿既不影响她干活，也没影响她转动时轻捷优美的姿态，因为

她每个动作都准确而娴熟。从铁炉缝隙中透露出的橘红色的火苗把跳动着的黑影投映在帐篷上。

我走近时，一股煎咸肉和烤面包的香味扑面而来，我认为这是世界上最令人感到愉快和温暖的气味。这时，东边的天空已亮起来，我走近火炉，伸出手去烤火，一触到暖气，全身立刻震颤一下。突然帐篷的门帘向上一掀，走出个青年，后面跟着一位长者。他俩都穿着崭新的粗蓝布和钉着闪亮的铜纽扣的粗蓝布外套。两人长得十分相像，都是瘦长脸。

年轻的蓄着黑短髭，年长的蓄着花白短髭，两人的头部和脸部都是水淋淋的，头发上滴着水，短髭上挂着水珠，面颊上闪着水光。他二人默默地站在一起望着逐渐亮起来的东方，他们一同打了个哈欠，一同看着山边的亮处。他们一回身看见了我。

"早。"年长的那位说。他脸上表情既不太亲热也不太冷淡。

"早，先生。"我说。

"早。"青年说。

他们脸上的水渍还没完全干，两人一同来到火炉边烤手。

姑娘不停手地干活，她把脸避开人，聚精会神地干手里的活。她那梳得平平整整的长发扎成一束垂在背后，干活时，发束随着她的动作甩来甩去。她把几只马口铁水杯、几只铁盘和几份刀叉放在一只大包装箱上，然后从油锅里捞出煎好的咸肉片，放在一只平底大铁盘上，卷曲起来沙沙作响的咸肉片看上去又松又脆。她打开生锈的铁烤箱，取出一只正方形的盘子，盘子上面摆满用发酵粉发得松松的大面包。

热面包香气扑鼻。两位男人深深地吸了口气，年轻人低声说：

"耶稣基督!"

年长的人回头对我说:"你吃过早饭吗?"

"没有。"

"那就跟我们一起吃吧。"

这就是邀请了,我同他们一块走到包装箱旁,围着箱子蹲在地上。青年问道:"你也去摘棉花吗?"

"不。"

"我们已经摘了 12 天了。"

姑娘从火炉那边说:"还领到了新衣服呢。"

两个男人低头瞧着新衣裤,一同笑了。

姑娘摆上那盘咸肉,大个的黑面包,一碗咸肉汁和一壶咖啡,然后自己也蹲在纸箱旁。婴儿的头部暖暖和和地包在背心里面,还在吮奶,我听见小嘴吮奶时的咂巴声。

我们都在自己的盘子上放满面包和咸肉,在面包上浇上肉汁,在咖啡杯里放了糖。那位长者把嘴填得满满的,细细咀嚼了很久才咽下去。于是他说: "全能的上帝,真好吃!"接着他又把嘴填满。

年轻人说:"我们吃了 12 天好的了。"

这时,每个人都在狼吞虎咽,都把再次放在自己盘上的面包和咸肉又一下子吃得精光,一直吃得每个人都肚里饱饱的、身上暖暖的。热咖啡把咽喉烫得火辣,但我们把剩在杯底的咖啡连同渣子一块儿泼在地上后又把杯子斟满。

阳光现在有了色彩,但这种发红的亮光反而使天空显得更寒冷。那两个男人面对东方,晨曦把他们的脸照得闪闪发亮。我抬

头望了一会，看见老者的眼球上映着一座山峦的影子和正爬越过那座山峰的亮光。

两位男人把杯里的咖啡渣倒在地上，一同站起身。年长的人说："该走了。"

年轻的人转向我，"你要是愿意摘棉花，我们可以帮个忙。"

"不啦，我还得赶路。谢谢你们的早饭。"

长者摆了摆手。"不用谢，你来我们很高兴。"他们俩一同走了。东方的天际这时正燃起一片火红的朝霞，我独自顺着那条乡间土路继续向前走去。

事情就是这些，它之所以令人感到愉快是显而易见的，但它本身具有一种无与伦比的美，因此，我每次回忆时总有一股暖流袭上心头。

他的父亲

他是一个快要满 7 岁的好强的孩子。他的头发又直又硬地拢在额上。遇到烦恼的时候，他的眼睛总爱睁得圆圆的，有点显得一个大一个小，但最近这情形似乎比去年好了些，因为他家中的空气没有从前那么可怕，他觉得愉快得多了。

有一个时期真糟透了，他每次经过那空气紧张的他父母的房间到自己卧室去的时候，便感到畏缩。现在这情形总算没有了。并且夜间也不再躺在床上倾听那些可怕的声音——也不能算是什么声音，只可说是一种他所不敢去追问的痛苦的流露。家中一切

都好了。现在糟糕的是那街上，孩子们都发觉了他家庭的情形。

他坐在门口石阶上，看街上往来的汽车，一辆接着一辆，望不到头也望不见尾，遇见红灯亮了，所有的车辆都一齐停了下来，等绿灯亮了，又立刻继续向前走着。

他远远地便认出那边走来的是阿尔文了，忽然身上感到一阵战栗。其实阿尔文并没有说过什么，任何孩子都没有说过什么，只是他们眼睛里的那种表情，只是他们对他的那种看法，都充满了使人激愤的羞辱。起初，他总是跑开，自己躲起来玩，但是他不能随时跑开，并且那样是很孤单闷人的。

开端的不一定是阿尔文，也许是麦克思，也许是乔治，也许是其他的孩子，也许是他们同时发觉的。

这是有一天他坐在门口的石阶上，街上照常是那些汽车、三轮车、小孩车子和保姆，还有几个大的孩子隔着马路在往来的人群头上把网球抛来抛去地玩着。

忽然那些孩子中间的一个——是阿尔文还是别人呢？这是没有什么关系的——说：

"你的父亲到哪里去了？"

他应该回答说："他出去旅行了。"但是他没有这样做。这询问使他气得肚子胀起来。他明白这询问的意思，他知道这纯粹是残酷。那些孩子也没有再问下去，只互相唧唧喳喳地讲着笑着揶揄着，他们原来的意思就是要这样的。

他的父亲是出去旅行过的——旅行过不知多少次了，但这次绝不是旅行，他很明白，并且他知道他们也明白。所以他全然不理他们的询问。

这时有三个孩子忽然唱歌似的一齐说着："你的父亲到哪里去了——你的父亲到哪里去了——你的父亲到哪里去了？"

他被捉弄得发了慌，便撒起谎来，说："他在家里。"

"是吗？为什么没有人看见他？"这次说话的一点不错是阿尔文。

"他在房里工作，没有事，他是不愿出来的。"

这样说了之后，他忽然觉得迷惑起来。他觉得这辩护是对的，他甚至于想象着他说的话也许是真的，他想回到家里去看看——到顶楼上，到洗衣室里或是花园角上那矮树后面看看去。

那些隔着马路抛球的大孩子中间的一个，忽然停住了抛球，说：

"他不敢承认，他们离婚了！"说完仍继续抛起球来。

正是这话——这可怕的话，这没有人敢公开告诉他的话。他从来问也不敢去问，因为这是可怕的，没有人愿意说到它。

于是，他好像听见自己在一遍又一遍地喊着："他在家里！他在家里！他在家里！"又好像看见自己去向他们挑战，当他们笑他捉弄他的时候，他便向他们一个一个打了过去。一切就像平时将要睡着时看见的事物一样，但这一定是真实的，因为他的母亲忽然从房里跑了出来，把他抱到他的房里去了，并且还念故事给他听，但他没有听见她念的是什么。

一定有什么事发生过，从那次以后，再没有谁讲那话了。不过还是常常含在他们的眼睛里。倒是他们说出来还好点，那样他可以去打他们。但是他们不肯说出来，连阿尔文也不说了。这使他无法去表白"他的的确确是在家里工作"或是"我上次是说谎

——他是旅行去了"。一切只能闷在心里，闷得难受。他独自一个人的时候，还能把这忘记了，但一遇见他们看他的时候便不能了。

他坐在石阶上，把脚后跟在石头上踢蹭着，这是很容易把鞋子弄坏的，并且是很坏的习惯。他一面踢着，一面望着那经过的车辆，在他的左边，他看见那卖报的汤尼从他的小店里走出来，把晚报摆到木架子上。从转弯的地方走来两个女孩，走进汤尼的店里去。

他知道阿尔文要来了。他曾经看见他从隔两排房子远的地方拐弯向着这边走来——现在还有一排半房子的距离。他想慢慢地站起来，等阿尔文走近的时候，对着他的脸打去。他用左手试了试右手握紧的拳头。

这时他的胸中忽然有一种奇异的感觉——一种要炸裂似的感觉，这是那边那个有点相像的人影引来的。他再注意地望过去，果然是的。他的父亲从那拐角上很快地向着他走来了，还是一向肩头有点摇摆的那种走法。

心跳得使他瘫软了。他屏住了呼吸。他的脚也不再踢蹭了。他的下巴一直垂到胸前。

他闭起了眼睛。

他听见他父亲走在人行道上的脚步声，那脚步声到了他面前停止了。他觉得出他父亲也在石阶上在他的身边坐下来了。

他的父亲说："喂！"

他也轻轻地说了声"喂"，仍旧把眼低垂着。

过了一会儿，他忽然抬起眼来大声地喊着：

"我父亲在这里！你们不是要看他吗？"

川端康成

　　川端康成（1899～1972），日本现代小说家，出生于大阪。幼年父母双亡，后来祖父母和姐姐又陆续病故。孤独忧郁伴其一生，这些都反映在他的创作中。他在东京大学国文专业学习时，参与复刊《新思潮》杂志。1924年毕业。同年他和横光利一等创办《文艺时代》杂志，后来成为由此诞生的新感觉派的中心人物

川端康成

之一。新感觉派衰落后，他参加新兴艺术派和新心理主义文学运动，一生创作小说100多篇，中短篇多于长篇。作品极富抒情性，追求人生升华的美，并深受佛教思想和虚无主义影响。早期多以下层女性作为小说的主人公，写她们的纯洁和不幸。后期一些作

品写了近亲之间，甚至老人的变态情爱心理，表现出颓废的一面。

成名作小说《伊豆的舞女》（1926 年）描写一个高中生"我"和流浪人的感伤及不幸生活。名作《雪国》（1935 ~ 1937）描写了雪国底层女性形体和精神上的纯洁和美，以及作家深沉的虚无感。其他作品还有《浅草红团》（1929 ~ 1930）、《水晶幻想》（1931年）、《千只鹤》（1949 ~ 1951）、《山之音》（1949 ~ 1954）和《古都》（1961 ~ 1962）等。川端康成担任过国际笔会副会长、日本笔会会长等职。1957 年被选为日本艺术院会员。曾获日本政府的文化勋章、法国政府的文化艺术勋章等。1968 年获得诺贝尔文学奖。

1970 年三岛由纪夫切腹自杀，不少作家赶到现场，只有川端康成被获准进入。川端很受刺激，对学生表示："被砍下脑袋的应该是我。"三岛自杀之后 17 个月，他也选择含煤气管自杀，未留下只字遗书。两人相继自杀留给了后人无数的疑问。

国籍：日本

获奖时间：1968 年

获奖作品：《雪国》、《千只鹤》、《古都》

获奖理由："由于他高超的叙事性作品以非凡的敏锐表现了日本人精神特质。"

诺贝尔文学奖得主小小说精选

不　死

　　一位老人和一位少女在走着。

　　这两个人，令人感到奇怪的地方着实不少。年龄可能相差六十多岁，然而他们却毫无顾忌，像一对情侣似的紧紧挨着。老人的耳朵不好，少女讲的话几乎都听不见。少女身着紫白相间的箭状细花纹布和服，袖口稍长，下面套着一条红里透紫的裙子。老人的衣服有点像割草女人穿的那种，但没有手背套和绑腿，加上那种木棉的圆筒袖和扎腿的劳动服，看上去活像女人。因为衣服的缘故，老人本来细瘦的腰围却显得肥大了。

　　他们走过草地。不远处张着一张宽大的铁丝网，再往前走，就要碰上了，他们就像没看到一样，依然脚不停步。一下子打铁丝网穿了过去，简直像一阵微风……

　　而后，少女才发现了铁丝网。

　　"唉？"她诧异地看着老人，"新太郎君也能穿过来？"

　　老人没听到，伸手抓住铁丝网。

　　"这个家伙，这个家伙。"他摇晃着铁丝网叫道。因为用力过猛，在按上去的刹那间，高大的铁丝网向前移动，老人抓住铁丝网，踉踉跄跄地向前倒去。

　　"危险啊，新太郎君，怎么啦？"少女扶着老人的胸口支撑住，"把手从铁丝网放开……轻点……"

　　老人费劲地站了起来，艰难地喘着气，"好了，谢谢你。"说

罢，又抓起了铁丝网。但这回是用一只手，轻轻地……然后，用聋人惯用的高嗓门叫道，"我年复一年在这铁丝网里拾球，多长的岁月啊，十七年啦！"

"只有十七年，就算长了？短着呢！"

"那些人随意地啪啪打球，那玩意儿一碰上网就发出声音，在还没习惯的日子里，我常常害怕得把头缩起来，就因为那声音，我成了聋子，这浑蛋。"

在高尔夫练球场，铁丝网是为拾球的人护身而设置的，铁丝网下面装有轮子，可以前后左右移动。跑道和旁边的练球场，现在已被许多树隔开，这里原来是一片宽广的杂木林，后来被人们砍伐得零零落落的。

两人离开铁丝网后，又迈步走去。

"真令人想念啊，这海洋的波涛声，我听见了。"少女把嘴巴贴在他的耳朵上，"您听得见这令人想念的波涛声吗？"

"什么？"老人闭上眼睛，"这是美佐子甜蜜的呼吸声，同过去一模一样。"

"这令人思念的海洋波涛声，您听不见？"

"海、海洋？令人思念？自己葬身的海，为什么令人思念？"

"令人思念啊！隔了五十五年。我一回到家乡，新太郎君也回来了。令人思念啊！"老人还是没有听到。"我总算跳到海里去了，我在跳海时也同样想着新太郎君的事儿……从那以后，无论是我的记忆和回想的事，都只有十八岁以前的事。新太郎君永远是年轻的，要不是我十八岁投了海，现在回到故乡会面，我就是个老婆子了，那将多么令人讨厌，真不能同新太郎君相见。"

聋子老人自言自语地说："我来到东京后，很不走运，在年老不中用时，只得回到家乡。过去，让姑娘离开了我，我悲痛欲绝，请求高尔夫球场雇用我，因为球场就设在姑娘当年葬身的大海上面，我苦苦地哀求，请他们给我一点慈悲……"

"这一带，可是新太郎君家里的山林哪。"

"我只会在练球场拾拾球，腰一直弯着，可痛死我了。曾有一位姑娘为了我，投入了大海，那个岩石的断崖就在身旁，我虽已步履蹒跚，但还能跳进海里的，真想一跳了事啊！"

"那可不行，您得好好活下去。新太郎君如果死去的话，在这个世界上，可没人再会像新太郎君那样来思念美佐子了，我不是已经的的确确死了？"尽管少女倚着老人说，但他还是听不到。

然而，老人抱起了扶住他的少女。"是啊，咱们一块死吧，这次……你是来接我的吗？"

"一起？不，要活，活下去，新太郎君，为了我……"少女隔着老人的肩膀，抬起眼睛高声叫道，"啊，那些大树还在哪，那三棵都同过去一样，真令人思念。"姑娘指着那些树，老人的目光也投向大树。

"打高尔夫球的那些家伙，害怕那些树，命令砍掉它们，说什么打起来的球，会向右转去，像是被树的魔力吸引过去似的。"

"那些高尔夫球客，没有多少日子就死去啦。比这些矗立了几百年的树木先死，人的寿命可真短促哪！"

"几百年来，我的祖先精心爱护这些树，因而我以不许砍伐这三棵树为条件，把这地方卖掉了。"

"我们一起去吧。"姑娘拉着老人的手，缓缓向大树走去。

姑娘一下子就从大树干中穿过去了，老人也穿了过去。

"什么？"少女奇怪地凝视着老人，"新太郎君也死了，你也死了？什么时候？"

"……"

"死了，真的吗？在阴间怎么没见到？真怪啊，快，我们再试一下吧，看看究竟死了没有。新太郎君要是死了的话，我们就可以一块跑到树里去了。"

老人和姑娘在大树干里消失了，再也没有跑出来。

三棵大树后面，细小的树木上开始漂浮起夕阳的余晖，在传来海浪波涛声的对面天空，朦朦胧胧地罩着淡淡的红里透黑的色彩。

红　梅

父亲和母亲坐在地炉旁，一边看着古树枝头绽开的两三朵梅花，一边争论着。

"这棵红梅自打你嫁过来，几十年间毫无变化，总是下边那根枝先开花。"父亲说。"我可没记得。"母亲没有附和父亲的感慨，对此，似乎父亲不大服气。"自打进了这家门儿，就没有过赏梅的空闲。""你呀，就是稀里糊涂地过了这么多年。"说完这些，想到与红梅的寿命相比，还是人的一生短暂，父亲就没兴致再继续感慨了。

不知道什么时候，话题又转到正月的点心上来了。

父亲说，他正月初二，在风月堂买回了点心。母亲却强调没有那回事儿。

"怎么的了，你那天让车在明治点心店等候，后来我们又乘车去风月堂。确实在两家都买了点心。"

"明治点心店是买了。可是，自打我到这个家，就根本没见你在风月堂买了什么。"

"不要夸大其辞嘛！"

"当然，你并没有交给我。"

"何必装糊涂，新年时你不也吃了吗？就是买了！"

"真讨厌，大白天说梦话，你不觉得害羞？"

"难道是我……"

此时女儿正在厨房准备午饭，他们的谈话听得一清二楚。她知道内情，但又不想插嘴，只是笑眯眯地站在炉灶旁。

"确实是你拿回家来了吗？"

到头来，母亲似乎只承认父亲在风月堂买了点心。

"我没看见。"

"是拿回来了呀……莫非忘在车上了？"

看来，父亲对自己的记忆力也有些动摇。

"可是……那是你们公司的车，若是忘在车上，司机会送上门来，绝不能自己偷偷拿走呀！"

"说得也对！"

听到这儿，女儿心中有些不安。

奇怪的是母亲把事情忘得一干二净。父亲听了母亲的争辩，竟然失去了自信，也令人可笑。

父亲在正月初二乘车出门，确实在风月堂买了好多点心回来，母亲也吃了不少。

经过一段沉默，母亲像是突然想起了什么，非常爽快地说："啊！是糯米面小饼！你是买过糯米面小饼。"

"可不！"

"黄莺饼啦，豆馅烤饼啦，进到品种繁多的点心店里，咱们还犹豫了一阵子哪！"

"是呀，确实买回来了。"

"可是，那份粗点心是在风月堂买的吧？那份粗点心……"

"是的。"

"啊，想起来了，买后确实是送给谁了，用纸包着，是我给的。是呀，到底给谁了呢？"

"没错，是给人了！"

仿佛一块石头落地，父亲轻松地说。接着又问：

"是不是给房枝了？"

"哎呀，想起来了，是给房枝了。当时我说不能让孩子们看见，悄悄地包起来给她的。""就是她，是房枝。""没错，的确是房枝！"

他们的对话又告一段落，无论是父亲还是母亲，似乎都为有共同语言，各自心满意足。

不过，他们说得也不对，点心并非给了原来的女佣房枝，而是送给邻居家的小男孩了。

女儿还想听听母亲能否像刚才那样，想起点心到底给谁了。可听到的只是从茶室传来的水在铁壶里沸腾的响动。

女儿端来午饭，放在暖炉上。

"好子，刚才的话，你都听见了吧？"父亲问她。

"是的。"

"你妈糊里糊涂，真让人头疼。而且还越来越固执。好子，平时帮着你妈记着点儿。"

"究竟谁糊涂？当爹的也是……今天风月堂的事儿我是输了，不过……"

女儿本想说明房枝的那件事儿，可终于没有开口。

关于点心的争论，发生在父亲去世的前两年。自从父亲患了轻度脑出血后，就连公司的门也未曾登过。

父亲去世后，那棵红梅依然先从下面的枝头开花。女儿常常回忆起父母争论风月堂的往事，但是从来没有试探着和母亲谈起，想必母亲已经忘却那件事儿了吧！

石　榴

一夜的大风，把石榴树的叶子都刮光了。

落叶在树根处围成了一个很圆很圆的圆圈。

清晨，仁子看见光秃秃的树干吃了一惊，而那落叶围成的圆圈又使她惊奇不已。她想，风本该把这些树叶吹乱的。

石榴树上还残留着一个饱满的石榴。

"来看呀！"她喊她母亲。

"我真把它给忘了。"她母亲抬头看了看石榴，然后又走进了

厨房。

这使仁子联想起她们的孤单处境。站在走廊上看，那石榴也是孤单的，像是被人遗忘了似的。

大约两星期前，仁子7岁的外甥来看他们。这孩子一下便注意到了石榴，于是爬到树上。这可使仁子嗅到了生活的气息。

"上面有个大的！"她在走廊里喊道。

"要是摘了这石榴，我就下不来了。"

是啊，手里拿着石榴要从树上下来，可不是件容易事。仁子笑了，外甥真可爱。

这孩子不来，她们是注意不到石榴的，在这以前，母女俩谁也没想起过石榴。

石榴原被遮掩着，现在能清楚地看到了。

在这石榴以及树底下围成圆圈的树叶子里，似乎有着一种活力。仁子拿了一根竹竿把石榴打了下来。

石榴熟透了，里面的石榴子儿像是要把它胀裂似的。她把石榴放在走廊上。石榴在阳光下闪着光，晶莹透亮，阳光仿佛从里面透射出来。

仁子心中泛起了一阵歉意。

大约10点钟，她上楼缝衣服。蓦地，她听到了圭吉的声音，虽然门关着。他好像在花园里，那声音显得很焦急。

"仁子，仁子！"她母亲喊道，"圭吉来了！"

仁子把线从针上抽了下来，再把针放进针插里。

"仁子总在念叨着您，说在您走之前，很想再见见您。"圭吉要去打仗了。"但是，未经允许，我们是不能去看您的。而您呢？

总不来，总不来！今天，您来了，我们可高兴哪！"

仁子母亲要他吃了午饭走，但是他没有时间。

"好吧，那至少吃个石榴，我们自己种的石榴。"她又喊起仁子来。

仁子在楼梯上止住了脚步。圭吉用眼神同她打招呼，仿佛只能如此而已。

圭吉的眼睛里流露出脉脉深情，石榴不禁从手里掉落到地上。

他们互相凝视着，脸上带着微笑。

圭吉从走廊里迎了上去。

"您多保重，仁子。"

"您也多保重。"

他又转过身同她母亲告别，然后走了。

仁子站在花园门口，久久地望着。

"他走得太匆忙了，"母亲说，"多好的石榴。"

石榴被圭吉遗忘在走廊上。

仁子十分清楚，是圭吉眼睛里充满深情和痛楚的时刻，石榴才掉到地上的。要不，他准把石榴劈开了。可是，石榴掉在走廊上，还是那么饱饱满满的。

她母亲把石榴拿到厨房里，用水洗了洗，递给仁子。仁子皱起眉头，把石榴推开，刹那间脸又红了，不知所措地接过石榴。

仁子见母亲注视着自己，知道要是不吃，母亲准会感到奇怪的。她心不在焉地嚼了几颗，一股酸味直酸到牙根。仁子感到了某种带苦味的幸福，像是全身都渗透了这种滋味。

她走到镜子前坐下来，"看看，我这头发，同圭吉告别时，就

这么乱蓬蓬的。"

仁子简直能听到梳子的答话。

"你父亲死了以后,"母亲温和地说,"我很害怕梳头。而每当我梳头时,就感到六神无主,好像你父亲就在我身边似的,直到我稍稍清醒。"

仁子想到了她母亲吃父亲剩饭的习惯。忽然,心中有什么东西在翻腾着,一种幸福感使她几乎要哭泣起来。

母亲给她石榴,仅仅是舍不得把石榴扔掉,这是唯一的原因。她从来不喜欢随便扔东西。

因为内心悄悄地充满了幸福感,仁子在母亲面前感到害羞了。

她想,这可能是圭吉没有意识到的更好的告别,不管多长时间,她都要等他回来。

她看着母亲,落日的余晖照在纸糊的墙上。门那一边,母亲正坐在镜子旁。

仁子把石榴放在膝盖上,不敢再嚼了……

五角银币

母亲习惯地又从月初作为零花用的两元钱里,拿出了一枚五角的银币,装进芳子的钱包里。

那时候这样的银币已经不多了。这个看起来很轻,其实却有点分量的银币,一装进小红皮包里,芳子觉得挺满意,然而她舍不得花,总是把它一直保留到月末。

　　和同事们一块看看电影、到吃茶店喝杯茶之类的消遣活动，她并不反对，但她一次也没去过。正是因为一次也没去过，所以她也始终不想去。

　　她除了每周从公司下班以后，到饮食店花上一角钱，买一个带点咸味儿的、她喜欢吃的面包以外，就没有花过别的钱。

　　有一次，她在三越文具部看见了一种六角形的、雕刻着狗的玻璃镇纸。她看那条狗刻得好极了，不由得把它拿起来。镇纸又重又凉，给人以快感。平时喜爱雕刻品的芳子被它吸引住了。她把它放在手掌上贪婪地看了好半天，最后还是依依不舍地把它放回原处了。货柜的标价是四角钱。

　　第二天她又来了，照旧看了它一大阵。第三天又来了，还是那样地看。她这样看了一星期左右，终于拿定主意，心里怦怦地跳着说：

　　"我买这个。"

　　回到家后，妈妈、姐姐笑着说：

　　"这不像个玩具吗？"她们把镇纸放在手里仔细地摆弄了一阵，这才纷纷夸奖起来。

　　"做得可真不错啊！"

　　"够精致的！"

　　说完她们又将镇纸对着电灯看了看。

　　玻璃面的研磨与精细的雕刻非常协调，六角形切得也极尽精巧。它成了芳子心爱的艺术品。

　　费了七八天时间，把它买到了手，不管别人说什么，妈妈、姐姐认为不错就行了。

买四角钱的东西就犹豫了这么多天，人们也许笑她大可不必如此。但是，若非如此芳子是不肯买的。她从未稀里糊涂地一时高兴就把东西买下，以后再后悔。17岁的芳子，也并不是买什么东西都得琢磨十天半月。她只是觉得钱来之不易，不能随便花。

过了三年左右，一提起这个镇纸，大家都笑起来。妈妈说："那时节可真好！"

芳子的每一件东西，都有这样使人欢悦的插曲。

说是从商店楼上一层一层地下来买东西方便些，所以顾客常常径直乘电梯先上五楼。星期天，芳子也跟着妈妈到三越百货商店来买东西。

要买的东西都买到手了。到了一楼，妈妈照例又要去地下室看看便宜货。

"妈妈，那么挤，别去了。"芳子说的话，妈妈好像没听见，她自顾自往前走。

"这里的货大概都没啥用场，妈妈还非要去。"芳子虽然这样想着，还是跟着妈妈去了。这里的冷气设备很好，一点儿也不觉得闷热。

妈妈买了一本二角五分钱的信纸，回头看了看芳子，娘俩都笑了。这是因为妈妈最近老用她的信纸写信，这回买了一本，意思是说：

"你该放心了吧？"

卖厨房用具的，卖贴身内衣的，越是人多的地方，妈妈越想去看。她又没有力量挤进去，只好踮起脚，或者是从人缝里往里瞧。结果，什么东西也没买，挺不痛快地转身往回走。走到门口

时，她从那伞堆里拾起一把伞说：

"哎呀，才九角五分钱？太……"她又翻了翻其余的伞，标价都一样。妈妈惊奇地说：

"太便宜了。芳子，你看咋这么便宜呢？"妈妈高兴起来了，方才的不愉快也都烟消云散了。

"可真的。"芳子也拿起一把看了看说。妈妈打开了那把伞说：

"就是伞柄也值这个价钱，伞面还是人造丝的，多好！"

这么好的东西为什么贱卖呢？芳子又一想，这东西不一定好，是商店又在倾销积压品。妈妈翻过来翻过去地寻找和她年龄相称的。过一会儿，芳子说：

"妈妈，咱家有伞吧？"

"可是……"妈妈看了看芳子。

"能用十年或十五年。东西用得越旧越有感情。这样的伞就是送给谁也好。"

"是的，送给谁都行。"

"送给谁，谁都会高兴的。"

芳子笑了，妈妈要送给谁呢？身边好像没有那样的人。若是有的话妈妈也就不说了。

"芳子，你看看这把怎么样？"

"是啊！"

芳子含糊其辞地说着，就凑到妈妈跟前去了，看着妈妈挑伞。

穿着人造丝衣服的女人都在挑选。

芳子看着妈妈光挑不买，不耐烦地说：

"快买吧，哪一柄都可以。"

“芳子，要不别买了。”

“为什么？”

妈妈面带笑容地手扶着芳子的肩膀离开了那里。芳子倒觉得有点可惜，走了几步也就不在意了。她紧紧地握着扶在她肩上的妈妈的手，娘俩肩并肩地走出去了。

这是七年前，1939 年的事。

用旧白铁做房盖的小屋漏了雨，芳子想起了若是买下那把伞就好了。她想笑着对妈妈说：

“妈妈，现在买就得一二百元钱了。”然而，她不能对妈妈说了，妈妈在神田烧死了。

就是买了那把伞也一同烧掉了。

那个玻璃镇纸还幸存。大火在横滨婆婆家烧起，忙着往袋里装东西的时候，也把那个镇纸装进去了。现在只有这件东西是娘家留下来的唯一纪念。

傍晚，胡同里一群姑娘不知羞耻地说，她们一夜能赚一千多元。芳子像她们那样年龄时，买一个四角钱的镇纸还考虑了七八天。现在她正在出神地看着那条刻得可爱的狗。忽然想到这一带烧得连一条狗也没有了。多么可怕。

雨　伞

天空飘洒着薄雾般的春雨，虽淋不透衣服，却也令肌肤黏黏渍渍。跑到门外来的少女，看见少年打着雨伞，便问：“怎么，下

雨了？"

少年之所以打伞，与其说是遮雨，不如说是为了走过少女等候着的店铺时，遮住自己羞赧的脸。不过，他还是默默地把伞伸过去，想遮住少女，少女却只让自己的半个身子钻进伞下。雨丝淋在少年身上，尽管他让少女进到伞下，可自己却羞怯得不能将身子靠过去。少女虽然心想伸出一只手，两人共同把住伞柄，却又忸怩得恨不能从伞下跑出去。两人走进照相馆。少年的父亲身任官职，要调往远方，这是离别的纪念照。

摄影师指着长凳说："请吧，请二位并排坐好。"然而，少年并未挨在少女身旁，而站到了她的身后。他心里巴望着两人身体的某一部位，能联结在一起，便用把着椅背的手指轻轻地挨上少女的外套。这是他初次接触少女的身体，凭那从指尖依稀传来的体温，少年似乎感到两人赤身紧紧搂抱时的温暖。此生此世，只要看到这张照片，就会回味起她的温馨吧！

"再照一张如何？这回二位并排而坐，上半身突出些。"

少年只是点点头，轻声提醒少女说："头发！"少女蓦地仰首瞅了眼少年，双颊绯红，眼里闪着明快、喜悦的光亮，像孩子一样毫无造作地向化妆室走去。刚才，她一看见少年路过店铺，便飞跑出来，没顾上梳理。本来早就意识到自己那如同刚摘掉游泳帽似的蓬乱头发，可是，她毕竟是个当着男人的面连拢拢乱发都害羞的少女。而少年则担心，直说让她整整发型，会损伤女孩的自尊心。看见少女走向化妆室时的明朗表情，少年的心头也豁然开朗。其结果，两人如同其他恋人一样，相互依偎着坐到长凳上。

临离开照相馆时，少年寻找那把伞。忽然发现先走一步的少

女，手持雨伞，正站在门外。她发现少年瞅着自己，这才察觉自己把伞拿了出来，不由一惊，这无心的举动，不正是自己以心相许的流露吗？

少年没有说要伞，少女也未将伞递过来。不过，与来照相馆的路上不同，两人骤然成熟许多，怀着夫妇般的情感踏上归途——伞完成了它的使命。

布　袜

姐姐是个十分善良的人，却为什么死得那样惨，我无论如何也弄不明白。

黄昏，姐姐就意识不清，反弓身子，紧攥着的手痛苦地剧烈痉挛，当痉挛也停止时，头歪向左侧，几乎从枕头上落下。这会儿，从她那半张半合的嘴中，慢悠悠地爬出了一条白色的蛔虫。

这蛔虫白得出奇，即使在此后的日子里，也不时清晰地浮现在我的脑海。每当这时，又令我联想起同是白色的布袜。

往姐姐的棺材里装各种遗物时，我问道："妈妈，布袜子呢？布袜子也放进去吧！"

"对对，没想到布袜子，因为这孩子的脚本来就挺好。"

"是九文的，可不能同妈妈和我的搞错了啊！"我叮嘱说。

之所以提起布袜子，不仅仅是因为姐姐的脚小而美，还因为它勾起我一段回忆。

我12岁那年的12月，在附近的镇上举行了一场"勇牌布袜

电影宣传大会"，巡回乐队打着红旗，也转到我们村里来。听说乐队撒的广告里面夹杂有电影票，村里的孩子们便跟在乐队后面，争抢拣着。其实，凭贴在布袜上面的商标，才能入场。当时，村里除了节日和盂兰盆会外，几乎再没有看电影的机会，因此，布袜很是畅销。

我也拣到一张画有侠客模样的广告。太阳刚落，我就匆匆向镇里的戏院走去，心里直担心，万一有什么变化，电影就看不上了。

"干什么，这不是广告吗？"入口的木栅前，讥嘲向我袭来。我垂头丧气地回到家，呆呆地站在井边，心中抱怨为什么不让我进去，好不委屈。这时，姐姐提着水桶走来，拍着我的肩头问道："怎么啦？"我连忙用手捂上脸。姐姐放下水桶，回屋取来钱："快去吧！"

在小路拐弯处，我回过头来，只见姐姐还站在那儿目送着我，我猛地快跑起来。到了镇上的袜店，店员问："要多少文的？"我不知所措。

"那么，把你穿的袜子脱下来看看。"

布袜子的别扣上写着"九文"。

回到家里，我把这双布袜子送给了姐姐，姐姐也穿九文尺码。

又大约过了两年。我们一家搬到朝鲜，住在京城。念女校初中三年时，由于风传我和三桥老师亲近得过了分，家里竟担起心来，禁止我去探望老师。当时，老师患重感冒，连学期考试都没进行。

圣诞节前夕，妈妈和我上街，我想该给老师送些礼物，就买

了顶鲜红色缎面礼帽，帽子的缎带上装饰有墨绿色的枸杞树叶和红色的枸杞骨，我还将锡箔纸包装的巧克力糖也放进了礼帽。

刚进书店，又遇上了姐姐。我让她看礼帽的包裹，说：

"你猜猜这里是什么，是送给三桥老师的礼物。"

"我看，东西就不要送了吧。"姐姐压低声音，略有责备地说，"那么一来，学校里又该说三道四了。"

我的幸福感消失了。这时，才感到我和姐姐是截然不同的两个人。

那顶红色的礼帽一直放在我的桌子上，圣诞节却已过去。然而，到了年末的三十号那天，那顶礼帽却不见了。我又一次感到幸福的影子也随之消逝。不过，我并没问姐姐发生了什么事情。

翌日，除夕晚上，姐姐邀我出去散步。

"那些巧克力糖，供在三桥老师的灵前了，好似在白色的花丛中，点缀上红色的宝石，煞是好看。我已经请求他们，在装棺时，将礼帽也放进去。"

三桥老师逝世的消息，我毫无耳闻。自打那顶礼帽放到桌上以后，我就再也没出过家门。大概家里人也有意向我隐瞒老师的死讯。

往棺材里装遗物，我干过两次：那顶通红的礼帽和这双雪白的布袜子。听人说，三桥老师也是在简陋的宿舍里，薄薄的褥子上，喉咙咕噜咕噜作响，眼球几欲迸出来，痛苦地离开了人世。

通红的礼帽和雪白的布袜，究竟意味着什么？尚且活着的我，思索着。

邻　居

　　"要是你们来，老人们一定会高兴的。"村野望着新婚的吉郎和雪子说。"家父母耳背，难免有不适当的地方，请不要介意。"

　　为了工作方便，村野迁居东京，老父老母则留在镰仓家中。二老住在厢房里，所以选择堂屋租赁给住客。因为他考虑，与其将房子上锁放空，不如住人更好些。再说，这样一来，老人们也不至于寂寞。房租是象征性的。吉郎他们这桩婚姻的媒人是村野的老相识，经他搭桥，吉郎带着雪子前来会见村野。这两人被看中了，村野说："那么好吧，住在耳背的老朽身边，就要骤然开花的啊。我并非只考虑你们是新婚，而且考虑到让新婚夫妇住进来，可以想象得到老房和老人都会受到你们二位的青春的熏陶的。"

　　镰仓这所房子坐落在镰仓多低洼地的进深处。正房六间，这对新婚夫妇住得太宽敞了。搬来那天晚上，他们不论是对房子还是对环境的静寂，都很不习惯，六间房子都是灯火通明，连厨房和门厅的灯火也是通宵长明的。他们住在十二铺席宽的房间里，这是最宽敞的一间。然而把雪子的衣橱、梳妆台、卧具和其他嫁妆先搬进来以后，就连坐的地方都没有了。这样以来，两人反而释然了。

　　雪子将做项链用的蓝珠子组合成各式各样的形式，准备重新串成一条新的项链。雪子的父亲曾在台湾待过四五年，这期间他从当地老百姓那里收集了二三百颗古老的"琉璃珠子"。雪子出嫁

之前，她从中挑选了自己喜爱的十六七颗。串成项链，新婚旅行就带在身边。这些原来是父亲的玩赏物，雪子告别父母双亲时的那份感伤，也就寄托在这些珠子上了。度过新婚初夜的翌晨，雪子戴上这条项链。吉郎为之神颠魂倒，拥抱着雪子，热烈地亲吻她的脖颈，亲吻她的脸颊。雪子觉得痒痒，一边喊叫一边扭动脖颈躲闪。项链断了，珠子散落一地。

"哎呀!"吉郎喊了一声，松开了雪子。两人蹲下来，把散落一地的珠子捡了起来。雪子看见吉郎跪在地上爬行似的觅寻珠子，禁不住笑了起来，很快地变得融洽无间了。

来到镰仓当晚，雪子把当时捡起来的琉璃珠子重新组合串成一条新的项链。珠子五光十色，形状百态千姿。有圆的、方的，还有细管形的。有红、青、紫、黄，虽说是原色，但天长日久，变得陈旧，色泽也不那么鲜艳。珠子的图案也呈现出当地人的淳朴的情趣。珠子的组合有些变化，项链也多少给人有些不同的感觉。这些珠子本来就是当地人做项链用的，每颗都有穿线的孔。

雪子将珠子摆来摆去，在设法变换花样。吉郎却说：

"原来的组合，你不记得了吗?"

"是和爸爸一起排列的，没有全记住。我要按你喜欢的重新组合。你等着瞧吧。"

两人相依相偎，一心构思组合琉璃珠子，把时间都忘了，已是夜深时分了。

"外面是不是有什么东西走动?"雪子竖起耳朵静听。原来是落叶的声响。听上去枯叶不是飘落在这家的房顶上，而是飘落在堂屋后面的厢房房顶上。起风了。

翌日早晨，雪子呼唤吉郎：

"过来瞧瞧，快些过来瞧瞧……后院的老人家在喂老鹰食呢。老鹰在和他们一起吃饭哪。"

吉郎站起身走了出去。是个大晴的小阳春天气，厢房敞开着拉门，阳光投射进饭厅里，可以窥见老两口正在用餐。厢房是以堂屋后院的小斜坡为界，修了一道低矮的山茶花篱笆。山茶花盛放，厢房恍如浮在山茶花的岸边上。三面环山，掩映在小山上的披满红装的杂树林中。山茶花和杂树林的红叶，沐浴着深秋的朝阳，阳光连厢房进深处都照得暖融融的。

两只老鹰靠近餐桌，仰起着脖颈。老两口把盘里的火腿煎鸡蛋放进自己的嘴里嚼碎，然后用筷子夹住喂它们食。每喂一口，老鹰微微动一动翅膀。

"真驯服啊！"吉郎说，"咱们去打个招呼吧。虽说他们正在吃饭，也没关系吧。再说，咱们也想看看那可爱的老鹰啊。"

雪子进屋换了装，脖颈上还佩戴了昨夜串成的珠子项链。

他们两人一走近山茶花矮篱笆，两只老鹰冷不防地腾空飞去。那振翅声传入了两人的耳鼓里，不禁吓了一跳。雪子"啊"地惊叫了一声，抬头望着在空中飞翔的老鹰。那山鹰像从别处飞到老人身边似的。

吉郎对让他们住在堂屋这件事，郑重其事地向老人施礼致意。还说："真对不起，我们把老鹰给吓飞了。它们真驯服啊。"

然而，老两口似乎什么也没有听见，也没有想要听见，只是挂着一副呆滞的面孔盯视着这两个年轻人。雪子把脸转向吉郎，用眼睛探询："怎么办才好呢？"

"欢迎你们到这儿来。老婆子，这么漂亮的一对年轻人成了我们的邻居哩。"老人出其不意地喃喃地说了一句。他老伴似乎连这句话也没有听见。

　　"邻居是聋子，你们就当他们不在好啰。我们尽管耳背，却很喜欢年轻人，别讨厌我们，故意躲开我们啊！"

　　吉郎和雪子点了点头。

　　老鹰似乎在厢房的上空盘旋，传来了可爱的鸣叫声。

　　"老鹰好像还没吃完食，又从山上飞下来。我们不好再打扰它们了。"吉郎催促雪子走开了。